Pavo Pejić

Karussell

Roman

Pavo Pejić, Jahrgang 1984, lebt in Hamburg. Sein Debüt-Roman *Pussykiller* ist 2009 erschienen.

Originalausgabe, August 2019

© 2019 Pavo Pejić

Umschlaggestaltung: Aimen Snoussi, unter Verwendung eines Fotos von Pavo Pejić

Herstellung und Verlag: BoD – Books on Demand, Norderstedt

ISBN: 978-3-7494-3165-6

Eine späte
Rakete
irrt umher
so sehr
auf der Suche nach Glück,
findet nie mehr zurück,
hat sich verlaufen
beim Raufen
und sieht,
was nie geschieht.
Bleibt sie allein,
schlägt sie nicht ein.

- Pussykiller, 2009

Als Kinder wollten wir fliegen.

„Fliegen" nannten wir eine Methode, die Karusselle zu benutzen, die es früher auf Spielplätzen gab.

Wir kannten alle Spielplätze in unserer Gegend.

Zur Not tat es zwar auch ein Stehkarussell, aber eines mit einem Handrad in der Mitte war optimal.

Wir hielten uns seitlich am Karussell fest und knieten uns auf dem Rand der Scheibe hin und zwei von den „Großen" betätigten das Rad. Manchmal waren wir so viele, dass wir uns Schulter an Schulter drängten. Das Karussell kam zuerst nur schwerfällig in Bewegung, dann nahm es Fahrt auf. Die beiden Großen kurbelten schnaufend und kichernd. Nach und nach verabschiedeten sich die ersten Kinder, denen es zu schnell wurde, bis nur noch zwei, drei Mutige gegen den enormen Sog ankämpften, den sie in ihren Rücken und Schultern spürten. Wenn die beiden Großen vom Handrad abließen, weil sie keine Kraft mehr hatten, war die Geschwindigkeit am höchsten. Dann musste man vom Rand der Scheibe steigen. Die Beine hoben in die Luft, der Körper schwang in die Höhe, man fühlte sich einen Moment lang schwerelos, flog.

Ich bin ein Mal auf diese Weise geflogen. Ich war der Letzte auf der Scheibe. Die anderen Kinder gratulierten mir ohne Neid, obwohl ich einer der jüngsten war, und klopften mir anerkennend auf die Schulter. Meine Hände taten mir weh von dem Metall, aber ich fühlte mich auf einer Ebene mit allen anderen.

Auch als Jugendliche gingen wir noch oft auf Spielplätze, obwohl wir dafür eigentlich schon zu alt waren. Die meiste Zeit saßen wir auch bloß auf einer Bank herum und unterhielten uns. Darüber hinaus boten Spielplätze uns praktisch keinen wirklichen Nutzen mehr; sie ließen unsere Herzen nicht mehr höher schlagen, strahlten kein Abenteuer mehr aus – im Gegenteil, in meiner Erinnerung sind sie menschenleer, kalt, und keine Kinder trauen sich dort mehr hin, vielleicht wegen solchen wie uns.

Niemand mag fünfzehnjährige Jungen.

Wie sie alle einen Bogen um uns herum machten.

Wenn es einen Geräteschuppen auf dem Spielplatz gab oder ein Haus der Jugend, dann mussten wir einfach über die Regenrinne das Dach erklimmen. Die Hände rieben aufregend über das raue Bitumen des Flachdaches.

Dort oben rauchten wir dann Zigaretten und blickten auf den Spielplatz herab mit einer Geringschätzung, als würde uns das alles – die verbeulte Rutsche und der klumpige Sand, das Klettergerüst und die Federwippen im Tierdesign, auf denen wir jetzt nicht mehr sitzen konnten, ohne unkontrolliert auf eine Seite zu kippen – schon lange nicht mehr interessieren, als wären wir nie hier gewesen und auch nie todtraurig darüber, wenn unsere Mütter uns am Ende des Tages abholten und wieder mit nach Hause nahmen.

Marko betonte „Karussell" auf dem U, weil seine Eltern eigentlich nicht aus Hamburg waren.

Stehkarusselle boten meistens nur Platz für vier Personen. Weil sie kein Handrad besaßen, an dem man bequem drehen konnte, musste man neben dem Karussell her laufen und es anstoßen. Dann sprang man auf und stieß sich weiter mit einem Fuß ab. Das war anstrengend.

Ein Stehkarussell war außerdem im Durchmesser kleiner und der Schwung reichte für uns „Große" deshalb meist nicht aus zum Fliegen. Die Scheibe stand auch nicht in einem Sandkasten oder auf Baumrinde, die einen auffingen, wenn man stürzte, sondern auf Staub oder auf einem Bodenbelag aus Kunststoff, an dem man sich richtig wehtun konnte.

Wenn wir zu viert waren, erreichte die Scheibe eine völlig verrückte Geschwindigkeit. Dann wurde einem schwindelig und man gab auf und sprang herunter, so lange man noch einigermaßen sicher landen konnte. Ein Mal stolperte Tobi über seinen eigenen Fuß und riss sich beim Sturz einen Ärmel seiner Jacke auf, ein anderes Mal musste Dominik sich hinterher übergeben.

Marko war meistens als erster von dem Karussell runter, er war einfach zu groß geworden für diese kleine Scheibe und seine Gliedmaßen waren zu lang, er fand keine geeignete Position mehr.

Manchmal habe ich mich so lange auf der Scheibe gehalten, bis sie wieder zum Stehen kam.

Ich umklammerte die kalte Stange ganz fest mit beiden Händen und spürte die Stellen, an denen der bunte Lack rissig geworden und abgeblättert war und das raue Metall darunter freigelegt hatte.

In meinem Kopf drehte sich alles.

Die Jugendlichen aus der Gegend benutzten den Spielplatz am Eulenkamp, um dort am Neujahrstag ihre restlichen Böller anzuzünden, die ihnen aus der Silvesternacht übriggeblieben waren. Wir saßen auf einem verwitterten Baumstamm und Tobi ließ Musik auf dem Handy laufen.

In diesen Tagen faszinierte Marko eine Geschichte von zwei Jungen aus unserem Viertel, zwei Dealern angeblich, ein Streit mit blutigem Ausgang, den Marko mit angehört haben wollte. Dominik widersprach Marko, er glaubte ihm kein Wort.

Es war im Januar, als Marko sich entschied, auch ein Dealer zu werden, denn überall lagen noch vom Schnee aufgeweichte und von der Sonne wieder ausgetrocknete Böller herum. Durchfall nannten wir das, wegen der Ähnlichkeit.

Mit fünfzehn glaubten wir den Quatsch, den man über unsere Gegend erzählte, dass wir nämlich in einem sozialen Brennpunkt lebten, einem Problemviertel. Hohe Arbeitslosigkeit, viele Ausländer, zumindest gemessen am Hamburger Durchschnitt.

Wir brauchten nicht lange nach Beweisen zu suchen, dass sie alle Recht hatten, dass wir in einem regelrechten Ghetto lebten; es gab Geschichten über Jugendbanden, über Drogendealer, in der Nachbarschaft sollte es sogar einen Puff geben und ein Mal war es tatsächlich zu einer Schießerei gekommen. Nicht in dem Puff, sondern auf der Straße, aber immerhin. Die Beweise lagen also quasi auf der Straße, waren es die Trinker vom Straßburger Platz (die lagen tatsächlich auch mal besoffen auf der Straße) oder die unzähligen Türken, Araber und Afrikaner oder mindestens die alleinerziehenden Mütter.

Und es passte uns auch gut in den Kram, zu den Unterschätzten zu zählen – man brauchte sich nicht anzustrengen, irgendwen vom Gegenteil zu überzeugen, und konnte nur überraschen.

Marko freundete sich mit einem der beiden Dealer an und nahm ihm eine größere Menge Gras ab, die er weiterverkaufen wollte.

Marko mochte meinen Vater.

Mein Vater mochte Tobi. Weil Tobi höflich war und nie viel sprach, wie mein Vater sagte, es sei denn, man fragte ihn etwas. Tobi sei „einfach wie Bohnensuppe", sagte mein Vater.

Meiner Mutter tat Tobi leid, weil er „so eine" Mutter hatte. Tobis Mutter saß bei den Trinkern auf dem Straßburger Platz. Sagte meine Mutter. Tobis Mutter war schon lange arbeitslos, mein Vater immerhin seit vier oder fünf Jahren.

Manchmal las er mir Artikel aus der Bild vor, in denen unser Viertel unter den schlimmsten der Stadt aufgelistet war.

Mein Vater pflegte unsere Zimmerpflanzen. Er hatte ein Händchen für Efeu, den zog er binnen kürzester Zeit zu beträchtlicher Größe hoch und stellte tolle Sachen damit an; zum Beispiel band er Kränze aus den Ranken, einen Sichtschutz für unseren Balkon, und er umwickelte ein Herz aus Draht, wie man sie auch in Geschäften kaufen konnte, und schenkte es meiner Mutter zum Geburtstag.

Mein Vater mochte Binsenweisheiten. Er wurde nie müde, zu betonen, wie wichtig ein guter Schulabschluss ist, weil er einem angeblich alle Türen öffnet.

Die Predigten meines Vaters waren ermüdend.

Mein Halbjahreszeugnis in der neunten Klasse war eine kleine Katastrophe.

An dem Tag, an dem die Zeugnisse verteilt wurden, ging ich gemeinsam mit Marko den Heimweg. Er hatte das Fahrrad dabei, das er ein paar Tage zuvor geklaut hatte, und schob es beim Gehen. Beim Torgang, der zum Naumannplatz führte, wo Marko lebte und wo wir uns normalerweise von einander verabschiedeten, überredete ich ihn, dass wir eine Spritztour den Ring hinauf machen und nochmal nach Bramfeld und dann nach Wellingsbüttel fahren.

Ich saß auf dem Gepäckträger und Marko trat in die Pedale dieses alten Herrenrades, dessen Gänge sich nicht mehr verstellen ließen und das Geräusche machte, wenn Marko die Rücktrittbremse benutzte.

Er hatte das Fahrrad eine Weile beobachtet, wie es dort bei der S-Bahn-Haltestelle herumstand. Als er sicher war, dass jemand es vergessen hatte, knackte Marko das Schloss und wir fuhren damit davon. Außer den Bremshebeln waren noch alle beweglichen Teile intakt.

Diesmal drehten wir aber nicht nach Farmsen um, sondern blieben auf der Saseler Chaussee und gingen in das Alstertal-Center, das sind zehn Kilometer. Es roch kühl und erfrischend dort.

Mein Halbjahreszeugnis hatte ich zusammengerollt und trug es immer in der Hand, die gerade frei war. Marko hatte sein Zeugnis gefaltet, bis es bequem in seine Hosentasche passte.

Von Poppenbüttel aus nahmen wir den Radweg entlang der Alster bis hinunter zur Wiese am Schwanenwik, das sind sogar fünfzehn Kilometer. Ich saß jetzt auf der Stange, weil meine Schenkel vom Gepäckträger weh taten. An den Stellen, wo der hellblaue Lack rissig geworden und abgeblättert war, hatte Rost das Metall befallen. Markos Knie rieb mir beim Fahren manchmal über das Bein.

Das wunderbare Knirschen des Sandes unter den Rädern.

Marko sagte, seinen Eltern sei ziemlich egal, was er tut.

Es war nicht wichtig, anzukommen. Unterwegs sein, darum ging es.

Auf der Hamburger Straße ging im Feierabendverkehr nichts mehr, irgendwo hatte es einen Unfall gegeben. Wir fuhren zwischen den stehenden, hupenden Autos hindurch auf dem Mittelstreifen heim. In unseren Rücken konnte man die Kirchen der Innenstadt erkennen, dahinter sollte die Sonne bald auf den Horizont treffen. Nach Hause waren es immerhin noch ein Mal fünf Kilometer.

Ich kehrte erst kurz vor meiner Mutter nach Hause zurück. Ich rechnete damit, dass sie mich nach dem Zeugnis fragen würde, aber sie schien es völlig vergessen zu haben. Sie füllte sich eine der neuen Plastikschüsseln, die mein Vater im Dutzend günstig erworben hatte, mit heißem Wasser und nahm vor dem Fernseher ein Fußbad. Das Wohnzimmer füllte sich mit dem Duft von Seife.

Wenn ich eine schlechte Note mit nach Hause brachte und eine Unterschrift meiner Mutter unter der Klausur benötigte, um nachweisen zu können, dass meine Eltern über meine Entwicklung auf dem Laufenden waren, wollte meine Mutter immer wissen, wie Dominik abgeschnitten hatte.

Dominiks Mutter war Professorin und Dominik nicht automatisch ein guter Schüler, aber aus irgendeinem Grund beruhigte es meine Mutter, wenn ich ihr berichtete, dass auch Dominik eine schlechte Note erhalten hatte. Mit der Zeit gewöhnte ich mir an, meiner Mutter von Dominiks schlechten Leistungen zu berichten, bevor sie mich zuerst fragen konnte. Manchmal log ich auch über seine Noten.

Meine Mutter hatte eine unsinnig hohe Meinung von Akademikern, für sie waren das regelrecht Götter. Die einzige Ausnahme bildeten Mediziner, über die sprach sie schlecht.

Meine Mutter war Krankenschwester.

Die Fehlzeiten standen auf meinem Zeugnis ganz unten und meine Mutter muss sie einfach übersehen haben.

Der Duft von Seife. Und von Chlor.

Diese Ahnung in den Gesichtern der Kinder, wenn wir uns so lange vor das Rohr der Tunnelrutsche stellten, bis sich hinter uns eine Schlange bildete. Die älteren Kinder ließen wir vor. Im zweiten Mittelteil hatten wir den Stau verursacht, indem wir uns quer in die Röhre legten. Ein kleiner Junge erlitt sogar einen Panikanfall, sein Geschrei zitterte in der Plastikröhre.

In der Schwimmhalle war die warme Luft erfüllt vom Chlorgeruch und von rauschendem Wasser und Euphorie.

Wir hatten eine Abneigung gegen den braungebrannten Bademeister, weil er sehr kurze Shorts trug und den Fünfer scheinbar demonstrativ nicht öffnete, obwohl wir ihn sogar scheißfreundlich darum baten. Tobi traute sich als Einziger, einen Köpper vom Fünfer zu machen. Er teilte auch seinen Hotdog vom Schwimmhallenimbiss mit Marko, weil dessen Geld wie immer nur für den Eintritt reichte. Dafür zog Dominik Marko auf.

Schnorrer, sagte Dominik.

Fettsack, konterte Marko.

Tobi hatte keine Scheu, Mädchen anzusprechen.

Bei mir lief es immer gleich ab: Ich hatte Blickkontakt mit einem Mädchen und schaute weg. Marko deutete auf zwei Mädchen in unserem Alter, die am Beckenrand standen. Tobi ging hinüber und fing ein Gespräch mit ihnen an, aber sobald er Marko das Zeichen gab und der sich dazu stellte und etwas zu den Mädchen sagte, gingen die beiden wieder weg.

Markos Erfolglosigkeit bei Mädchen tröstete sehr.

Im Duschraum blieben wir immer ziemlich lange, auch wenn wir noch gar nicht gehen wollten. Jeder nahm sich seinen eigenen Duschkopf. Wir drehten die Hitze bis zum Anschlag auf.

Dominiks krauses Haar klebte nicht an der Stirn, wenn es nass war. Er hörte es nicht gerne, wenn wir seinen Hautton „kaffeebraun" nannten, er mochte keinen Kaffee.

Im Kinderbecken, wo das Wasser warm wie Urin war, hatte ich Blickkontakt mit einem blonden Mädchen. In dem Moment, als ich bemerkte, dass sie zu mir herüber sah und unsere Blicke sich trafen, schaute sie wieder weg. Sie war mit ihren drei Freundinnen da und Tobi fing auch mit ihnen eine Unterhaltung an. Eine Rothaarige stieß aus der Gruppe hervor. Sie war kess drauf, sie neckte Tobi und schubste ihn, aber Tobi lachte bloß darüber und schubste sie nicht zurück. Dominik und ich standen in der einen Ecke des Beckens. Marko hatte sich von uns gelöst, nachdem Tobi uns rief.

In Markos breitem Grinsen blitzt die einzelne Zahnlücke.

Die anderen drei Mädchen aus der Gruppe standen scheu in der nächsten Ecke des Beckens. Ich blinzelte die kleine Blonde an, als sie vorgab, ihren Blick ein Mal quer durch den Raum schweifen zu lassen, und lächelte sogar irgendwie, aber sie schien es nicht zu sehen und ich fühlte mich einen Augenblick dumm und sehr klein.

Dominik zog Marko auf mit dessen Erfolglosigkeit.

Dominik hatte eine Freundin, Veronika.

Ich habe Veronika nur drei Mal gesehen. Beim ersten Mal nahm Dominik mich zum Schwänzen mit zu sich nach Hause. Veronikas und mein Blick trafen sich durch den Spalt der offenen Wohnzimmertür. Sie hatte blondes Haar. Sie zog sich gerade etwas an.

Veronika lebte bei Dominik und seiner Mutter.

Dominik zeigte mir Veronikas Pille. Es waren achtundzwanzig Stück in der Packung.

Sie raucht nicht so viel, sagte Dominik.

Wir saßen auf seinem Bett und rauchten seine Bong mit Odol im Wasser, das fühlte sich kühl in der Kehle an.

Wir saßen auf Markos fleckiger Schlafcouch.

Dass Marko sich als Dealer versuchte, bedeutete, dass wir problemlos an Gras kommen konnten, ohne dabei beschissen zu werden. Dealer waren immer arrogant und großspurig. Ich mochte sie alle nicht, aber man musste freundlich zu ihnen sein. Manchmal war es schwer, überhaupt etwas zu kriegen, weil man nirgends wen traf, der etwas hatte.

Marko und Tobi saßen auf dem Teppich und rupften Gras von einem größeren Klumpen und füllten es in kleine Tütchen. Sie benutzten keine Waage dabei. Ursprünglich war der Klumpen so groß gewesen wie ein Stück Seife.

Marko war mit den Gedanken woanders, man konnte sehen, wie es in seinem Kopf arbeitete. Er stellte sich an das Fenster, das zum Naumannplatz raus ging. Dominik fragte Marko vorsichtig, ob er es sich mit diesem Dealer, Dani, verscherzt, wenn er am Naumannplatz verkauft. Marko spielte das herunter.

In meinem Kopf drehte sich alles.

Auf der Umkleide hatte Dominik Ärger mit zwei Jungen, sie dröhnten. Wir kannten sie von unserer Schule.

Scheiß Neger, sagten sie zu Dominik.

Als Marko aus der Dusche kam, wichen die beiden Jungen

zurück. Marko war nackt, hatte nichtmal ein Handtuch um, seine nasse Badehose trug er in der Hand.

Willst du was, du Scheißkanake fragte Marko, locker einen Kopf größer als jeder von ihnen.

Zuerst wollte er ihnen noch hinterher, aber Dominik hielt ihn zurück, spielte die Situation herunter.

Zwischen Marko und Dominik herrschte manchmal eine Spannung, die es zwischen uns sonst eigentlich nicht gab.

Ein paar Tage darauf stürzten sich die beiden Jungen nach Schulschluss auf Dominik und verpassten ihm Tritte. Einer versuchte, Dominik von vorne zu umklammern und Dominik versuchte, sich zu befreien. Die Menge um uns herum wurde größer, es kamen auch Schüler aus den niedrigeren Klassen dazu. Die beiden Jungen schubsten Dominik und beschimpfen ihn als Hurensohn und brüllten, dass sie seine Mutter ficken werden. Dominik wollte sie abschütteln, aber die Jungen folgten ihm und zielten mit ihren Schlägen auf seinen Kopf. Dominik legte sich die Hände schützend auf die Schläfen.

Ich stand in der Nähe, protestierte, aber ich griff nicht ein. Dafür fühlte ich mich später mies.

Dominik sagte hinterher, die beiden hätten ihn zuerst angerempelt und seien ihm dann gefolgt. Er bat mich um ein Taschentuch, aber ich hatte keines dabei. Mit seinem Ärmel wischte er sich die Spucke aus dem Gesicht. Ich zeigte ihm, wo noch Spucke in seinen Haaren klebte.

Er überlegte lange, ob er sich das kleine Fläschchen Weinbrand kaufen sollte oder nicht.

Willst du, dass ich mal mit ihnen spreche, fragte Marko, als er später am Tag davon erfuhr, aber es klang nicht wie eine Frage. In seiner Kehle bebte etwas, das er unterdrückte. Wir reden mit ihnen, lockte Marko Dominik. Wir sprechen uns mal richtig aus.

Dominik spielte die Situation wieder herunter.

Mit vier, fünf Jahren liebte ich es, mich zu verstecken. Ich liebte es, mich hinter das Sofa im Wohnzimmer zu kauern oder hinter die dicken braunen Gardinen. Ich zwängte mich zwischen die großen lackierten Töpfe im Küchenschrank und schloss die Tür, ohne ein Geräusch dabei zu machen und wartete in der Dunkelheit, in Erwartung, dass meine Eltern mich suchen würden.

Die beiden Jungen wussten zuerst nicht, worum es ging. Ihre Gesichter nahmen dann einen nüchternen Ausdruck an, als sie aufgeklärt wurden. Der mit dem Irokesenhaarschnitt suchte nach Worten. Die Schüler sammelten sich am Rand des Schulhofes und jubelten.

Als Marko die Jungen anspuckte, wurde es um sie herum still.

Ich bekam eine Gänsehaut.

Der Geruch der nahen Schokoladenfabrik wehte zu uns herüber.

Mit vier, fünf Jahren hatte ich ein Spiel, das mir Nervenkitzel verursachte: Wenn ich mit meinen Eltern in einer Menschenmenge unterwegs war, zum Beispiel auf einem Spaziergang entlang der Alster oder auf der Mönckebergstraße, blieb ich plötzlich stehen. Ich beobachtete, wie meine Eltern sich entfernten, und plötzlich ging mein Herzschlag schneller. Passanten schoben sich in mein Blickfeld, für Sekunden verdeckten sie die Sicht auf meine Eltern, die nicht bemerkten, dass ich nicht mehr neben ihnen her ging.

Meine Hände schwitzten.

Das Wohlgefühl, wenn ich nach der Uhrzeit sah und es zwei Minuten nach Unterrichtsbeginn war und ich mich nicht im Klassenraum befand, sondern weit weg.

Marko holte aus.

Meine Hände schwitzten. Ich spürte ein Gefühl der Genugtuung über meinen Schädel wandern. Ich biss die Zähne zusammen.

Marko schlug auch den anderen Jungen.

Herr Ezrin war unser Lehrer in Mathematik, Biologie und Sport.

Herr Ezrin hatte ein Lieblingsspiel: Er suchte sich drei Schüler aus, die sich an die Tafel stellen und eine Aufgabe lösen mussten.

Ich zog die Schultern ein und stellte mir vor, wie ich zusammenschrumpfe.

Herr Ezrins Blick wanderte durch die Tischreihen, zuerst über die hinterste, von links nach rechts. Der Blick ging über die mittlere Reihe, dann die vordere, links nach rechts nach links nach rechts. Ich bekam eine Gänsehaut. Herr Ezrins Augen blieben stehen, einen Platz neben mir.

Ich konnte Markos Vater durch die Wohnungstür hören. Er sagte „Idiot". Ich hörte Marko etwas murmeln. Sein Vater fragte „Bist du noch zu retten", und dann „Bist du noch zu retten, du Idiot".

Aus den anderen Wohnungen hörte ich Menschen mit Geschirr klimpern, Kinder in einer fremden Sprache reden. Jemand kochte, der Geruch war im Treppenhaus, würzig und deftig, Hausmannskost.

Markos Vater hatte Augen, die sich in einen hineinbohren, und er schien nie zu blinzeln.

Marko holte aus. Er schlug mit der Faust so hart in die Scheibe der Eingangstür, dass sie zersprang. Die Scherben klirrten im Treppenhaus.

Willst du auch, fragte er mich, die Augen weit aufgerissen. Ist ganz einfach. Er zeigte auf die untere Scheibe, die noch heil war. Du musst nur den Ärmel über die Hand ziehen und kräftig gegen die Scheibe hauen, sagte er. Aber nicht zu stark, weil du dir sonst den Arm an den Zacken aufreißt.

Meine Unterlippe tat mir noch Stunden später weh und war gereizt und gerötet, so sehr hatte ich darauf herumgekaut bei dem Anblick von Marko mit diesen beiden Jungen, hysterisch drauf herumgekaut, und meine Haare standen mir zu Berge.

Heute weiß ich, dass wir alle – diese Jungen und auch wir – nur Kinder waren, aber damals fühlte sich das anders an, nah, real, bedrohlich.

In unserem Klassenraum saß ich auf der Fensterseite. Das Gebäude auf der anderen Straßenseite hatte Balkone. Auf einem Balkon lag eine leere Getränkekiste. Ich versuchte, ein Muster in der Anordnung der roten Backsteine zu erkennen. Ich langweilte mich fürchterlich. Alles außerhalb des Klassenraumes fing meine Aufmerksamkeit problemlos ein.

Diese Katze auf dem Hausdach. Mit einem unerschrockenen Gleichgewichtssinn, frei von jedem Schwindel, balancierte sie elegant über den Dachfirst. Darüber schob sich ein winziges Flugzeug über den Himmel, bis es hinter dem Fensterrahmen verschwunden war.

Von einem Aussichtspunkt hinter dem Flughafen aus beobachtete ich Flugzeuge. Von der Rollbahn lärmten sie zu mir herüber. Manchmal kam der Wind von Norden und man konnte sie einen Augenblick lang überhaupt nicht hören. Ich verfolgte die Maschinen mit den Augen, wie sie sich näherten. Wenn sich ihre Fahrgestelle von der Bahn lösten, sah es für Sekunden so aus, als könnten die Maschinen ewig so weiterschweben.

Im Süden lagen die Gebäude des Flughafens, Flugzeuge standen vor den Terminals, dahinter ragte der Kontrollturm auf, alles still und geräuschlos. In der Ferne erkannte ich das Planetarium und noch weiter dahinter – fast wie im Nebel, aber es war bloß Smog – den Fernsehturm.

Mein Vater musste denken, ich sei in der Schule gewesen. Im Fernseher lief das Nachmittagsprogramm eines dritten Senders. Mein Vater holte vertrocknete Blätter unter dem Gewusel aus Efeuranken hervor. Sein Meisterstück war ein Efeu mit vollständig gelben Blättern, den er eine Kugel aus

Draht überwuchern ließ. Er arbeitete seit mehreren Jahren daran. Die Ranken schob er jede Woche geduldig mit einer Pinzette durch die feinen Maschen, band sie mit kleinen bunten Bändern fest. Die untere Hälfte der Kugel war auf diese Weise bereits bedeckt worden, die obere würde mindestens noch ein Mal dieselbe Zeit benötigen, weissagte er.

Der Bart in seinem Gesicht war ungepflegt.

Um Wasser zu sparen, hatte mein Vater Plastikschüsseln besorgt und sie unter den Hahn im Badezimmerwaschbecken und unter die Dusche gestellt. Das Wasser, das sich darin sammelte, sollten wir dann in die Kloschüssel kippen, anstatt die Spülung zu drücken. Er führte mir vor, wie man es macht. Ich war skeptisch, aber ich probierte es aus und es funktionierte überraschend gut.

Wenn du kackst, sagte mein Vater, benutzt du einfach ein bißchen mehr Wasser.

Muttikaputti nannte mein Vater meine Mutter scherzhaft, wenn sie abends erschöpft von der Arbeit heimkehrte.

Meine Mutter zog immer zuerst ihre Schuhe im Flur aus, zog sich danach im Schlafzimmer um, dann betrat sie das Bad und anschließend die Küche, und erst zum Schluss ging sie zu meinem Vater ins Wohnzimmer. Sie klagte, wenn sie sich ausruhen *wolle*, müsse sie arbeiten, und wenn sie sich ausruhen *könne*, täte ihr der Rücken weh.

Mein Vater wurde noch manchmal an Wochenenden von Freunden zum Kartenspielen eingeladen, aber er nahm nur selten daran teil. Meistens musste meine Mutter ihn geradezu beknien, hinzugehen.

Mein Vater brauchte immer viel Anlaufzeit, ehe er bereit war, irgendwohin aufzubrechen. Es war immer ein großer Krampf, wenn er mal die Wohnung verließ. Die Hemden und Hosen stapelten sich dann auf dem Bett, während mein Vater ein Teil nach dem anderen ausprobierte. Weil ihm keines gut genug erschien, prüfte er Dutzende Möglichkeiten, fluchte dabei leise vor sich hin, aber noch immer laut genug, dass meine Mutter und ich es hörten.

Wenn er etwas in seinen Unterlagen suchte und es nicht fand, zischte er meine Mutter an und machte ihr Vorwürfe für das Chaos.

Er richtete sich seinen Kragen und die Hosenbeine in dem Spiegel im Flur. Der Stoff raschelte, so energisch zerrte er daran, und die Armbanduhr am Handgelenk meines Vaters klimperte jedes Mal, wenn er nach der Uhrzeit sah. Irgendwann war es offensichtlich, dass er sich verspäten würde, und das ärgerte ihn nur noch mehr. Schließlich nahm er hektisch seinen Schlüsselbund vom Telefonschrank und verließ die Wohnung, ohne sich zu verabschieden. In der Tür stehend fiel ihm dann aber noch irgendwas ein, das er vergessen hatte. Er ging also ins Badezimmer, dort kämmte er sich die Haare. Seine hastigen Bewegungen spürte ich durch die geschlossene Tür bis in mein Zimmer hinein. Beim Kleiderständer im Flur kramte er in den Jacken nach Kaugummis. Er öffnete die Haustür, sie fiel aber nicht ins Schloss, sie lehnte bloß am Rahmen. Etwas arbeitete in seinem Kopf.

An dieser Stelle rief meine Mutter dann manchmal aus dem Wohnzimmer, er solle endlich verschwinden.

Meine Mutter ließ das Licht im Flur immer an, wenn mein Vater nicht zu Hause war. Sie schloss auch nie eine Tür, zu oft kamen ihr Einfälle, was sie sich aus der Küche holen und vor dem viel zu laut aufgedrehten Fernseher essen konnte. Im Winter drehte sie alle Heizungen auf. Sie schmierte sich Brote mit Schmalz und Kräutern, tänzelte ins Wohnzimmer, aus dem die markante Stimme irgendeines Moderators drang oder ein synchronisierter amerikanischer Film, bloß um wieder in die Küche zurückzukehren für Knabbereien oder eine Flasche Limonade.

Es war, als müsse sie jede Sekunde auskosten.

Die Vorfreude in ihren Schritten brachte den Boden zum

Vibrieren.

Am schönsten war die Vorfreude.

Das Trinken selber war es nicht.

Wir kauften Bier bei einem Bekannten, der in einem Kiosk hinter der Kasse stand. Er berechnete uns nur die Hälfte und gab uns alles, was wir haben wollten, dafür war es aber auch ziemlich teuer. Woanders bekamen wir mit unseren erst fünfzehn Jahren so gut wie nie Alkohol.

Bier roch würzig, fühlte sich im Mund leicht an und ging zischend die Kehle hinunter.

Ein Mal bestellten wir nur aus Jux bei Burger King Bier. Sie servierten es uns, ohne nach einem Ausweis zu fragen, und wir staunten, aber zum Betrinken war uns das zu teuer.

Kalt war Bier belebend. Wenn ich meinem Vater ein paar Flaschen klaute, war es zimmerwarm und ungenießbar, denn er legte es nie in den Kühlschrank.

Als wir erfolglos versuchten, Whisky an einer Tankstelle zu kaufen, gab uns der nette Verkäufer wenigstens ein paar Flaschen Wein. Meistens tranken wir auf irgendeinem Spielplatz in der Nähe, weil wir nirgendwo sonst hin konnten.

Whisky roch warm und mächtig, Wein muffig. Whisky schmeckte dick und schwer, Wein schal. Weil wir nie einen Korkenzieher dabei hatten, pressten wir den Korken immer in die Flasche hinein.

Bierdosen öffnen mochte ich; die Lasche mit dem Finger anheben, der Widerstand, dann der Moment, in dem das Blech langsam nachgibt, das kurze Zischen, und am schönsten: Das Knacken.

Mit einem Feuerzeug einen Kronkorken zu öffnen, gelang mir dagegen nie, mir tat hinterher immer nur der Daumen weh.

Die Mädchen hielten sich die Nase zu, wenn sie Wodka tranken.

Tobi überredete Betty, seine Ex, sich mit uns zu treffen

und eine Freundin mitzunehmen. In dem Alter begannen wir, Mädchen zur Begrüßung zu umarmen. Es war jedes Mal wieder überraschend, wie gut ihre Hälse rochen. Betty und das andere Mädchen kamen ganz aus Geesthacht herauf, dort lebten sie in einer Jugendwohngruppe.

Wir legten unser Geld zusammen und besorgten uns am Bahnhofskiosk bei Berliner Tor Wodka und Cola. Hinter den Bäumen ragten die Bürotürme mit ihren bunten Lichtern in den dunklen Nachthimmel hinauf.

Wodka roch wie Desinfektionsmittel. Wir tranken abwechselnd einen Schluck Wodka und spülten mit Cola nach. Marko verzichtete auf Cola.

Tobi und Betty waren in der achten Klasse ein Paar gewesen, sie waren miteinander „gegangen", wie wir sagten. Ich stellte mir ein Szenario vor, in dem Tobi einen kleinen Zettel bekritzelt und ihn über die Freundin eines Freundes an Betty schickt und sie ein Kreuz in das oberste Kästchen setzt. Tobi war als Erster aus unserer Gruppe und als einer der Ersten aus unserem Jahrgang mit einem Mädchen zusammengekommen. Wir fanden Betty nicht hübsch und nahmen das als Entschuldigung, hinter seinem Rücken über Tobi zu witzeln.

Bestimmt guckt er immer so komisch, wenn er sie fickt, sagte Marko und wir lachten, denn Tobi hatte diese Angewohnheit, scheinbar unbewusst hektisch mit den Augen zu blinzeln, wenn er sich konzentrierte.

Bestimmt hat sie orange Schamhaare, sagte Marko und wir lachten.

In Wirklichkeit war es völlig egal, dass Betty mit ihren langen roten Haaren und dem Bauchansatz nicht in unser Bild eines schönen, attraktiven Mädchens passte, denn eigentlich waren wir bloß neidisch und sorgten uns insgeheim, dass Betty uns unseren Freund wegnehmen könnte.

Betty gab mir mehrmals Zeichen; sie schaute mich zuerst

mit großen Augen an, dann deutete sie auf ihre Freundin und zwinkerte mir zu. Das andere Mädchen trug ebenfalls ein Shirt mit Ausschnitt und hatte außerdem eine Zahnspange. Als sie sich an dem Wodka verschluckte und sich Tränen aus den Augen wischte, verschmierte sie ihr Makeup. Ich interessierte mich eigentlich für Betty.

Ihre „Beziehung" mit Tobi kann nicht länger als ein halbes Jahr gedauert haben, aber ich war erleichtert, als Betty nicht mehr im Zimmer saß, wenn wir Tobi bei ihm zu Hause besuchten, auch deshalb, weil ich mich die ganze Zeit unterlegen und abgehängt gefühlt hatte.

Wenn Tobi Druck hat, ruft er Betty an, witzelte Marko immer, als die Beiden sich auch nach ihrer Trennung noch manchmal trafen.

Marko versuchte, Betty herumzukriegen, sich vor uns auszuziehen.

Tobi sagte, Betty sei wie seine Mutter geworden.

Die Wohnung, in der Tobi mit seiner Mutter und Schwester lebte und neuerdings mit dem Freund der Mutter, erinnerte mich immer an unseren Keller mit seinem schwachen, schummrigen Licht und den rustikalen, unlackierten Türen.

Tobi und seine Schwester Janine waren Zwillinge, aber nicht eineiige. Tobi kam nach seinem Vater, Janine nach der Mutter.

Mein Gott, sagte seine Mutter ein Mal zu ihm, nachdem Tobi sie angelächelt hatte, du siehst aus wie dein Vater. Ihr Gesichtsausdruck wechselte in Verachtung und sie knallte die Tür hinter sich zu.

Unser kalter, feuchter Keller erinnerte mich immer an die Wohnung von Tobis Mutter.

Betty war furchtbar zickig und eifersüchtig. Sie stellte Tobi unangenehme persönliche Fragen und ließ nicht locker, wenn er auswich oder einfach nicht antworten wollte. Dann spielte sie eingeschnappt und beleidigt und wir bekamen nicht mehr zu sehen als den Träger ihres BHs und eines der Körbchen.

Wie bei Jessica, sagte Marko.

Jessica war ein Mädchen aus unserem Viertel. Wir lernten sie durch einen Autounfall kennen. Auf der großen Kreuzung Straßburger mit Nordschleswiger war ein Renault in einen VW gefahren. Zuerst quietschten die Reifen, dann gab es einen lauten Knall, und das erste, was wir sahen, als wir von unseren Schuhe aufschauten und die Hälse verrenkten, war dieser schwarze Golf, wie er sich im Kreis drehte wie ein Karussell und auf den Bürgersteig schlitterte. Umstehende Passanten fassten sich vor Schreck an die Münder, einige zückten geistesgegenwärtig ihre Handys. Ein ausländisch aussehender Mann rannte zu dem schwarzen Golf hin.

Dominik und Tobi spielten hinterher mehrere Möglichkeiten durch, aber wahrscheinlich hatte der Fahrer, ein bulliger Mann mit Glatze, beim Linksabbiegen nicht auf den Gegenverkehr geachtet.

Er stieg an der unversehrten Fahrerseite aus und torkelte im Kreis, wie ein Boxer, der einen unerwarteten Schlag wegstecken muss. Die Frau in dem roten Renault steuerte ihren Wagen schwerfällig auf eine Bushaltestelle und machte die Straße wieder frei. Sie schüttelte irritiert den Kopf, als eine ältere Dame sie etwas fragte. Auf der Kreuzung lagen Plastikteile von der Stoßstange und den Lichtern.

Langsam setzte sich der Verkehr wieder in Gang, und als der Krankenwagen eintraf, war Marko bereits in eine Unterhaltung mit diesem jungen blonden Mädchen vertieft, das bis dahin keinem von uns aufgefallen war.

Jessica mochte Markos Frisur.

Marko hatte mich mitgenommen zu einem türkischen Herrenfriseur auf dem Steindamm. Er wollte, dass ich mir denselben Haarschnitt machen ließ, wie er ihn hatte.

Ich saß regungslos unter dem großen Umhang und Marko

tänzelte links und rechts um den Friseur herum und gab ihm Anweisungen:

An den Seiten nimmst du nur ein bißchen weg, machst aber über den Ohren einen runden Schnitt. Und wenn du hinten bist, lass ihm die Haare lang, aber schneid' sie gerade, so wie bei mir. Wenn du oben auf dem Kopf dran bist, mach' nicht zuviel ab, gleich sie nur an.

Ich beobachtete mich im Spiegel. Über den Ohren verschwanden meine langen Strähnen.

Das soll ein Helm sein, klärte Marko den Friseur auf. Ein Kriegshelm, wie bei den Römern. Hannibal und so, weißt du? Die Hellenen. Er zeigte auf seinen Nacken, wo er seine Haare mit Gel zu einem Bogen geformt hatte, und fuhr fort: Hier geht der Helm rüber. An den Seiten gucken die Ohren raus. Vorne geht der Helm über die Stirn, und oben ist die Bürste.

Er strich sich über den Pony und tippte dann vorsichtig auf die Zacken auf seinem Kopf, jeden Zacken einzeln.

Er kann sie nicht rot färben, weil er nicht blond ist, erklärte Marko dem Friseur und deutet auf mich. Aber wir nehmen einfach eine andere Farbe für ihn. Vielleicht Gold.

Als der Frisör sich die Strähnen auf meinem Kopf vornahm, warnte Marko:

Vorsicht! Oben musst du sie ganz genau machen. Sonst sieht das nachher schwul aus.

Tobi nahm mich später am Abend zu einer Geburtstagsfeier mit, aber Marko war gar nicht dabei, er war nicht eingeladen worden. Das Geburtstagskind war die beste Freundin von Tobis Nachbarin Sandra. Die beiden Mädchen gingen in dieselbe achte Klasse auf unserer Schule.

Tobi und ich hatten Parfüm benutzt, einen kräftigen, maskulinen Geruch, den ich immer dann wahrnahm, wenn ich meinen Hals verrenkte.

Wir nahmen die Bahn nach Niendorf Nord und stiegen

dort auf einen Bus um, der uns nach Schnelsen brachte. Es fühlte sich ewig an. Wir fuhren über eine Stunde, quer durch die Stadt, und hatten nichtmal was zu Trinken dabei. Wir hatten die Dauer einfach unterschätzt.

Wir hofften deshalb umso mehr, dass die Party wenigstens in vollem Gange sein würde, als wir verspätet eintrafen, aber es war wie immer: Die Mädchen saßen in dem einen Teil des Hauses und unterhielten sich miteinander und die Jungs saßen in einem anderen Teil und blieben ebenfalls unter sich. Bis auf wenige Einzelpersonen fanden die beiden „Lager" nur schwer zu einander. Dabei war wirklich für alles gesorgt: Es gab kistenweise Bier und viel Schnaps und kaltes Buffet. Ein dicker Mann mit Schnauzbart und Vokuhila stand im Garten an einem Grill und wendete Würstchen und Steaks und jemand spielte Black Music.

Ich kannte fast niemanden auf dieser Party, und so ging es wahrscheinlich nicht nur mir, denn auch im Laufe des Abends änderte sich die Stimmung nicht – die Mädchen hielten sich weitgehend vom Alkohol fern und die Jungs betranken sich maßlos.

Das Zweitbeste war der Schwips.

Jessica brachte uns eine halb volle Schachtel Zigaretten und einen Rest Korn in einer Flasche, dafür erlaubte ihr Marko, sich mit uns herumzutreiben. Ich fand Korn widerlich. Ich nahm nur einen Schluck, Jessica trank für mich.

Jessica war jünger als wir, vielleicht zwölf Jahre alt, nicht älter als dreizehn jedenfalls. Vieles an ihr wirkte noch sehr kindlich, ihr Körper mit der flachen Brust und ihr ungeschminktes Gesicht und die unfrisierten Haare, aber auch ihr Verhalten. Während wir nur durch die Gegend laufen wollten, sprach Jessica vom Bauspielplatz am Alten Teichweg, weil sie Schaukeln mochte.

Marko behandelte Jessica schlecht. Er teilte die Zigaretten nicht mit ihr, obwohl Jessica sie uns gebracht hatte. Er gängelte sie, unterbrach sie mitten im Satz oder ließ sie einfach links liegen.

In einer Videoaufnahme, die Tobi mit seinem Handy gemacht hatte, kann man Jessica hören, wie sie protestiert, als Marko Unsinn treibt mit einer toten Taube am Straßenrand. Das Tier liegt in einer Pfütze, seine Innereien schauen aus dem Körper heraus und Marko versucht, mit seiner Zigarette daran herumzukokeln. Er hält die Glut an den Kopf der Taube und Jessica schimpft, weil sie das ekelhaft findet, aber Marko ignoriert sie. Er reibt die Glut über den Schnabel, sticht dem Vogel die Augen damit aus.

Auch wenn Tobi immer am lautesten über Markos Streiche lachte, war es am Ende er, der Jessica beschwichtigte und ihr tröstend über den Rücken streichelte und sie ermutigte, bei uns zu bleiben.

Die Skulpturen der beiden nackten Frauen am Eingang zum Bartels-Hof hatten mich als Kind immer sonderbar erregt.

Jessica trug ein knappes weißes Oberteil mit Spaghettiträgern und sogar einen Büstenhalter, auch wenn sie noch keinen benötigte. Die Jeanshose hing leicht über ihren schmalen, flachen Po und man konnte den Schlüpfer sehen und sogar die Falte, sobald sie sich hinkniete.

Marko drängte Jessica, uns ihre Unterwäsche zu zeigen. Jessica lächelte verlegen, aber Marko hörte nicht auf und das verunsicherte Jessica. Die Hände in den Hosentaschen stand sie abgewandt von uns und rieb mit der Hacke ihres Schuhs über die Steinplatten im Boden. Marko sah sie lange und eindringlich an und sprach nichts. Jessica forderte uns auf, damit aufzuhören.

Wenn Frauen nein sagen, meinen sie doch eigentlich ja, sagte Marko und Tobi lachte.

Wir beobachteten Jessica, wie sie alleine da stand, ein Stückchen abseits, eine Hand an ihrer linken Wange, die andere auf ihrem Ellbogen ruhend. In ihrem Schritt veränderte sich die Farbe der Hose. Ein kleiner Fleck breitete sich über ihre Schenkel aus.

Jessica, rief Tobi. Jessica, komm schon!

Jessica drehte sich zu uns um. Ihre Augen waren gerötet.

Weinst du, fragte Marko.

In einem Video, das mir Marko auf seinem Rechner zeigte, stand eine junge Frau auf einem Balkon und pinkelte. Sie trug Pumps mit Plateausohlen und war ansonsten völlig nackt. Ihre Scheide war unrasiert. Unter ihren Füßen bildete der Urin eine Pfütze.

Marko zeigte mir auch ein Video von einem jungen Mädchen, das sich übergeben musste, nachdem ein Mann ihr seinen Penis zu tief in den Mund gedrängt hatte. Der Mann ließ das Mädchen kurz durchatmen, dann packte er sie bei ihren Schulmädchenzöpfen und presste ihr Gesicht mit der Nase voran in das Erbrochene. Die Kamera fuhr ganz nah heran und man konnte einzelne Stücke in der rosigen Lache erkennen.

Marko drehte den Ton an seinen Lautsprechern auf. Ich fühlte mich unbehaglich, weil wir nicht alleine in der Wohnung waren – Markos Mutter war ebenfalls zu Hause und auch sein kleiner Bruder Justin.

Mit fünfzehn kannte ich unzählige Spielarten von Pornofilmen, aber ich hatte noch nie selber etwas mit einem Mädchen gehabt.

Meine Erektion drückte in meinem Schritt und ich versuchte verstohlen, sie vor Marko zu verstecken, deshalb war ich froh, als er sich bald im Badezimmer einschloss.

Ein anderes Video, das Tobi aufgenommen hatte, zeigt Jessica, wie sie alleine auf einer Bank sitzt. Marko setzt sich zu ihr und legt ihr einen Arm um die Schulter. Jessica lässt es zu und schmiegt sich an ihn. Marko zieht noch ein Mal an seiner Zigarette und bietet sie dann Jessica an. Sie nimmt sie und raucht. Als sie Marko die Zigarette wieder zurückgeben will, winkt er mit der Hand ab. Sie steckt sie sich wieder an und raucht sie auf. Dann schaut sie Marko an. Marko legt seine rechte Hand auf Jessicas Wange und nähert sich ihrem Gesicht. Jessica pustet den Rauch aus und in dem Rauch küssen sie sich.

Hast du gerade eine Freundin?

Der Mann wollte wissen, was Marko dachte, warum er Probleme mit Mädchen hatte. Marko druckste herum, er sagte, er wüsste es nicht. Der Mann fragte, ob Marko überhaupt schon mal eine Freundin gehabt hätte.

Ich kenne Mädchen, sagte Marko, aber ich bin mit keiner zusammen. Beziehungen, also Telefonieren und so, das interessiert mich nicht.

Nachdem Marko die beiden Jungen auf dem Schulhof verprügelt hatte, bekam er diese Auflage von der Schule, mit einem Kinder- und Jugendpsychologen zu sprechen. Ich begleitete ihn zu den Terminen. Marko wollte nicht, dass ich mit in den Raum kam, deshalb saß ich immer nur auf dem kleinen Flur, und manchmal lauschte ich an der Tür.

Marko hatte das nicht sehr klug gemacht – er hätte die Jungen besser nach Schulschluss zur Rede gestellt, anstatt während der Pause.

Der erste Schlag klang dumpf, tonlos. Marko zog den Arm voll durch. Der Kopf des Dicken schnellte zur Seite und riss den ganzen Körper mit. Am Boden kauernd fing der Junge zu weinen an. Marko presste sein Gesicht mit der Nase voran gegen den Boden. Der Junge kreischte hysterisch, seine Arme zappelten irreal an seinem Körper, er versuchte panisch, sich mit den Händen abzustützen, aber Marko hatte ein Knie in sein Kreuz gestemmt und hinderte ihn daran, aufzustehen.

Es sah aus, als hielte jemand ein Kaninchen am Nacken fest.

Eine Zeitlang benahm Marko sich auch. Er beschimpfte keine Schüler und auch keine Lehrer. Das kostete ihn Überwindung. Hinter seinem Gesicht schien es zu kochen.

Es nahm groteske Züge an, als Marko sich von zwei Jungen aus unserem Viertel beleidigen ließ. Die beiden waren jünger als wir, aber sie waren sehr frech, nahmen sich wirklich was raus. Sie sprachen Marko von der Seite an, als wir uns auf dem Spielplatz begegneten, und sie stichelten und lachten ihn aus, und Marko versuchte, sie nicht zu beachten, schaute genervt, ließ sich ihre Provokationen gefallen und kaute auf seiner Unterlippe herum.Dominik kritisierte ihn dafür.

Dominik hatte hohe Lackstiefel in seinem Zimmer stehen. Die gehörten seiner Freundin Veronika. Sie waren schwarz und glänzten.

Die Beratungsstelle, wo Marko sich mit dem Psychologen traf, lag in einer Schule in Billstedt. Längs der Straße reckten sich mehrere teils zwölfstöckige Wohngebäude abweisend in den bewölkten Himmel. Wind pfiff über den deprimierend leeren Beton des Schulhofes und ich stellte mir nur schwer vor, dass man sich hier ernsthaft helfen lassen konnte.

Auf den unzähligen Balkonen stand kein Mensch.

Dominik und Veronika hatten sich nur ein paar Monate zuvor bei derselben Beratungsstelle kennengelernt. Veronika war von ihrer Mutter zu Hause rausgeworfen worden und Dominik brauchte Hilfe dabei, den Unterhalt von seinem Vater einzuklagen. Seine Eltern lebten nicht mehr zusammen, seit Dominik vier war.

Er schob mir im Unterricht Gedichte und Zeichnungen zu. Auf einer davon sind zwei Enten beim Sex zu sehen. In einer Sprechblase neben der Ente mit dem Zopf steht: Oooh ja oooh ja!!!!!!!! In einer Sprechblase neben der Ente mit der Kurzhaarfrisur steht: Schnell raus!!! Ich komme!!!!!!!!

Warum wir uns nicht darum sorgten, dass Veronika uns

Dominik „wegnehmen" könnte, weiß ich nicht. Ich empfand es jedenfalls nicht als einen Angriff auf mein Ego, als ich Dominik eine Zeitlang nur noch in der Schule begegnete, weil er nachmittags und an den Abenden kaum mehr Zeit für Treffen hatte. Im Gegensatz zu Betty kannte ich seine Freundin fast gar nicht, und auch die Vorstellung, dass Dominik Erfahrungen sammelte, die mir verborgen blieben, verursachte in mir nicht dieses Gefühl, abgehängt zu werden. Im Gegenteil, ich wurde sogar neugierig und wollte auf eine dezente Art und Weise daran teilhaben; ich stellte Fraugen, wie Veronika und er sich kennengelernt haben und warum ihr Verhältnis zu ihrer Mutter so problematisch war, dass sie bei Dominik und seiner Mutter lebte.

Am Valentinstag besorgte Dominik eine Rose für seine Freundin. Er konnte nur aus der untersten Preiskategorie wählen und es reichte trotzdem nicht mehr für den Glitzerstaub, den ihm die Verkäuferin anbot. Es fühlte sich gut an, ihm bei dieser Kleinigkeit mit ein bißchen Geld auszuhelfen. Vorher hatten wir uns Gras besorgt in einem afrikanischen Laden, wo es nach Gewürzen roch, besonders stark nach Curry. Meistens war an die kleinen Geschäfte noch eine Wohnung angeschlossen und dort saß dann immer jemand und verkaufte uns etwas in schlechtem Deutsch.

Nachdem Marko sich mit diesem Dani zerstritten hatte, waren wir für solche Optionen dankbar, denn wir wollten nicht wieder am Naumannplatz herumlungern müssen.

Manchmal kannte Dominik irgendwen aus seinem anderen Freundeskreis, Jungen von seiner alten Schule. Wir trafen einen dieser Jungen auf einem Friedhof in Tonndorf. Er trug ein Basketballshirt und Basketballshorts und Sportschuhe und eine Sonnenbrille. Gemütlich kam er auf seinem Mountainbike geradelt, das ihm seine Eltern geschenkt haben mussten, weil er sich sowas niemals selbst hätte leisten können. Trotz mehrerer Anrufe ließ er uns lange warten.

Diese Typen sahen nicht aus wie die Dealer, die ich aus unserer Gegend kannte; sie trugen keine Bomberjacken, hatten ihre langen Haare nicht zum Zopf gebunden und die Haut in ihren Gesichtern war nicht vernarbt von einem zähen Ausschlag, der vermuten ließ, dass ihre Mütter während der Schwangerschaft viel geraucht und getrunken hatten. So erklärte Dominik mir das ein Mal.

Ein Mal fehlten Dominik und mir nur noch fünfzig Cents. Ich hatte zu Hause keinen einzigen Cent mehr gefunden und meinen Vater wollte ich nicht danach fragen. Dominik war sich sicher, dass wir es nicht mit vier Euro fünfzig versuchen brauchten, eine Fünfer-Tüte war bereits die kleinste Größe, die man am Naumannplatz kriegen konnte, und wir würden uns nur lächerlich machen. In einem Gebüsch am Straßenrand entdeckten wir einen Einkaufswagen, in dem noch Geld steckte. Dominik stocherte mit einem Zweig in dem Münzspeicher herum und holte die fünfzig Cents aus der Lade.

Während wir im Torbogen auf den erstbesten Dealer warteten, pfiff Dominik vor Freude. Immer wieder holte er die Handvoll Kleingeld aus seiner Hosentasche und zählte grinsend die unzähligen Kupfergeldstücke. Irgendwo kochte jemand, der Geruch von geröstetem Brot wehte über den Hof, erinnerte mich an Tage im Freibad.

Manchmal schlichen wir uns aus der Sporthalle und bestahlen unsere Mitschüler und die Jungen der Hauptschulklasse, mit denen wir gemeinsam Sportunterricht hatten. In der Umkleide war dieser muffige Geruch warmer, feuchter Socken. Was wir fanden, bunkerte Dominik im Futter seiner Jacke. Das Geld teilten wir nach Schulschluss auf. Die Telefone behielten wir selber oder verkauften sie.

Dominik half manchmal in dem Musikgeschäft aus, wo er sein Praktikum gemacht hatte, und Marko fuhr Medikamente für eine Apotheke aus.

Unsere Klasse sollte in diesem Schuljahr ein Schülerbetriebspraktikum machen. Ich hatte keine Lust auf ein Praktikum und nahm das alles auch nicht sehr ernst. Ich rief bei Bestattungsunternehmen an und erhielt Absagen, versuchte es bei Greenpeace und Buchverlagen.

Vier Wochen vor Beginn hatte ich noch keinen Platz gefunden, ich war der Letzte in unserer Klasse. In einer Broschüre vom Arbeitsamt las ich, dass Schülerbetriebspraktika freiwillig seien und versuchte damit, mich davon zu befreien. Für mich hörte sich das nach Ausbeutung an und so argumentierte ich auch, aber ich spürte auch eine große Verunsicherung und einen Widerwillen, mich damit zu befassen, was ich eigentlich mal beruflich machen will und wie meine Zukunft aussehen soll. Die Schulleitung erklärte das Praktikum aber zur Pflicht und drohte mir mit einer Sechs.

Zwei Wochen vor Beginn erhielt ich von einem Mitschüler den Tipp, es bei einem Supermarkt zu versuchen. Sie nahmen mich auf Anhieb. Das Wochenende vor dem ersten Tag konnte ich kaum schlafen und fühlte mich unbehaglich, aber alle waren sie dort überraschend nett zu mir. Ich erhielt einen weißen Kittel und einer der Mitarbeiter lernte mich an, erklärte mir, wie ich Waren aus dem Lager hole und die Regale damit auffülle. Das war für die nächsten drei Wochen meine Hauptaufgabe. Niemand überwachte mich und guckte mir auf die Finger und schimpfte mit mir, wie ich zuerst befürchtet hatte. Auch die anderen Kollegen waren freundlich zu mir, aber ich setzte mich nicht oft zu ihnen in den Pausenraum. Ich blieb angespannt, öffnete mich nicht.

In den Pausen lief ich in der Gegend herum. Ich kaufte mir in einem anderen Supermarkt etwas zu essen und setzte mich damit auf einen Spielplatz.

Nach Feierabend fühlte ich mich frei und beschwingt und am folgenden Morgen war ich wieder bedrückt, zählte jede Minute, die mir bis zum Dienst noch blieb – die Minuten nach dem Aufstehen, die Minuten auf dem Hinweg, die letzten Minuten, die ich an der Straßenecke wartete, um bloß nicht zu früh da zu sein.

An einem Morgen spielte ich mit dem Gedanken, von einer Telefonzelle aus beim Supermarkt anzurufen und mich mit Kopfschmerzen krank zu melden. Ich war nicht spät dran, mir blieb noch eine Viertelstunde bis Dienstbeginn, ich hätte es problemlos geschafft.

Ich machte es davon abhängig, ob ich die Nummer in dem dicken gelben Katalog finde oder nicht. Sie stand tatsächlich drin. Meine Hand zitterte, als ich die Tasten wählte. In meiner Fantasie würde der grummelige bärtige Chef mir misstrauisch auf den Zahn fühlen und meinen Schwindel entlarven. Aber es meldete sich bloß die schüchterne Mitarbeiterin aus dem Büro. Sie sprach kein Wort von Arzt und Attest – sie wünschte mir bloß gute Besserung und legte dann auf. Ich war überrascht, wie einfach das gegangen war, wie gut es geklappt hatte.

Viel weiter als bis zu dieser Stelle hatte ich aber nicht geplant – ich wollte bloß dieses Drängen in meiner Brust loswerden, diesen Widerwillen, schon wieder in diesen Supermarkt zu gehen, wo ich mich unwohl fühlte, und fiebrig die Stunden zu zählen in der Hoffnung, nicht aufzufallen.

Zu Hause war mein Vater, dort konnte ich nicht hin.

Ich ging zum Mühlenteich. Dann setzte ich mich auf den kleinen abgelegenen Spielplatz hinter der S-Bahn Friedrichsberg. Dann ging ich die Eilbek hinunter, dieses mickrige Gewässer. Ich kannte diesen Weg von früher, als meine Eltern und ich mit Fahrrädern hier entlang gefahren waren. Der schmale Fluss mündete in die Außenalster. Menschen, die mir begegneten, interessierten sich nicht für mich. Es hatte etwas Reizvolles, dort am Ufer entlang zu gehen, obwohl ich eigentlich ganz woanders sein sollte. Als ich die krachende Bahnbrücke durchquert und auf der anderen Seite die Binnenalster mit ihrem Panorama entdeckt hatte, bebte die Freude in mir.

Ich schloss mich den Menschenströmen auf dem Jungfernstieg an und ließ mich mitziehen in die Einkaufsstraßen, bog um Ecken und tauchte vor dem Rathausmarkt wieder auf.

Ich blickte mich um und war erleichtert, kein bekanntes Gesicht zu erkennen, völlig anonym zu sein. Niemand beobachtete mich. Ich fühlte mich wie losgelöst, als ich auf der Mönckebergstraße wieder in der Masse verschwand.

Mein Körper glühte wohlig.

Mein Vater hatte als Rettungssanitäter gearbeitet. Wenn er abends zur Schicht war, musste ich am Morgen leise sein, damit er sich ausruhen konnte. Wenn er aber nachmittags heimkehrte, bedeutete es, dass ich keine Zeichentrickfilme mehr schauen durfte. Als Kind kam ich manchmal zu meiner Großmutter nach Harburg, wenn sich die Schichten meiner Eltern überschnitten. Meine Mutter brachte mich dann mit der S-Bahn hin, und wenn wir den Hauptbahnhof verließen und das Viadukt hinauf fuhren, stellte ich mir immer vor, dass sich Achterbahnfahren so anfühlt.

Ich bemerkte es gar nicht, als mein Vater immer öfter zu Hause war und immer seltener zur Arbeit ging. Irgendwann war er die ganze Zeit da. Er saß dann im Wohnzimmer, in Trainingshose und Unterhemd, der Fernseher lief ununterbrochen und mein Vater schimpfte.

Wenn meine Mutter abends von der Arbeit heimkehrte, begann sie mit der Hausarbeit.

Am Arsch, sagte sie das eine Mal schnaubend, als sie den Batzen nasse Wäsche aus der Maschine hievte, so schwer hat es dein Vater dort nun auch nicht gehabt.

Die Küchenfenster waren beschlagen vom dampfenden Spülwasser und von dem zischenden Kessel auf der Herdstelle und meine Mutter erkundigte sich nach Dominik, Tobi und nach Marko. Ich berichtete ihr, dass Tobi eine Ausbildung bei einem Elektriker beginnen wollte und dass Dominik überlegte, eine weiterführende Schule zu besuchen.

Meine Mutter fragte nicht danach, was ich nach der Schule machen wollte, vielleicht fand sie, dass das nächste Jahr noch zu weit weg war. Für mich war es noch sehr weit weg und aus der Entfernung sah alles weniger beunruhigend aus.

Markos Brillengläser waren beschlagen. Er wischte sie an seinem durchnässten Shirt ab.

Wir fuhren durch das Viertel, Dominik auf seinem Fahrrad, ich bei Marko auf der Stange, und es regnete wie schon lange nicht mehr. Die Straßen standen unter Wasser und Autos fuhren Schrittgeschwindigkeit, weil die Gullys die Wassermassen nicht halten konnten und überliefen. Wir johlten und jubelten, während wir über die leeren Bürgersteige rasten, mitten hinein, wovor alle anderen flüchteten. Passanten suchten Schutz unter Vordächern, die Schultern angehoben und die Köpfe geduckt.

Das Gewitter hatte sich stundenlang zusammengebraut, bis die Wolkendecke am Nachmittag schließlich dermaßen schwarz war, dass es sich anfühlte, als sei es bereits Nacht. Zuerst donnerte es nur fern, dann krachte es irgendwo in der Nähe, als wäre die Erde aufgebrochen.

Ich schüttelte mich, schüttelte mir die nassen Strähnen aus dem Gesicht. Meine Kleidung war komplett durchnässt, bis auf die Unterhose. Wasser tropfte mir von der Nasenspitze, kitzelte mich an den Mundwinkeln, und die nasse Kleidung hing schwer von meinen Hüften. In einem Hauseingang stehend versuchte Dominik vergeblich, einen Joint anzuzünden, der in seiner Tasche nass geworden war. Ich beobachtete, wie der Wind Furchen durch die Pfützen im Asphalt schnitt und sie in feinen Linien aufschüttelte.

Mein Körper glühte wohlig bei der Vorstellung, mich nachher, wenn die Feuchtigkeit mir in die Knochen gekrochen sein würde, unter die heiße Dusche zu stellen.

Das fühlte sich an wie Davonkommen.

Wenn es sich nicht vermeiden ließ, dass ich Tobis Mutter im Viertel begegnete, dann grüßte ich sie nur höflich und verstohlen und ging einer Unterhaltung mit ihr sonst so gut wie möglich aus dem Weg. Es war sogar schon vorgekommen, dass ich auf dem Absatz Kehrt machte oder mich in einem Hauseingang versteckte, in der Hoffnung, dass sie mich nicht gesehen hatte. Wenn ich sie beim Einkaufen entdeckte, hielt ich immer ein paar Gänge Abstand von ihr.

Tobis Zwillingsschwester Janine begleitete sie oft. Neben dieser kleinen Frau mit den vergleichsweise breiten Schultern und der herausfordernden Körperhaltung wirkte die früh in die Höhe geschossene, zwei Köpfe größere Janine ein bißchen unbeholfen, wie ein anhängliches Riesenbaby.

Manchmal stand Tobis Mutter am Imbisswagen auf dem Wochenmarkt und trank einen Kaffee, aber bei den Trinkern, wie meine Mutter immer erzählte, sah ich sie nie.

Marko war das Älteste von fünf Kindern, er hatte noch zwei Schwestern und zwei Brüder.

Ein Mal beobachteten Marko und ich seine Geschwister beim Versteckspiel. Manuela, die Ältere der beiden Mädchen, jagte den fünfjährigen Justin über den Hof, sie kreischten vor Vergnügen. Manuela trug ein ärmelloses Kleid, das, weil es zu klein war, zu viel von ihren Schenkeln preisgab. Es spannte am Bauch, wenn sie sich verrenkte. Als sie sich vor beugte, rutschte das Kleid an ihrem Hintern hoch und wir konnten ihr Höschen sehen.

Ach, kuck an, sagte Marko überraschend gelassen, wie ein kleines Kind zeigt sie uns ihr Höschen. Er schaute mich direkt an. Eigentlich gar nicht schlecht, oder? Dabei ist sie erst zwölf.

Manuela holte Justin mit ihren langen Beinen im Lauf ein, sie umarmte ihn von hinten und die beiden lachten. Justin hatte ein schmutziges Gesicht, Schokolade klebte an den Mundwinkeln und Dreck an den Wangen. Mit seinen auseinanderstehenden Augen sah er aus wie Marko in dem Alter. Die kühlen grauen Augen hatten sie von ihrem Vater.

Marko war grob zu seinen Geschwistern. Sie taten mir leid. Als der kleine Justin uns beim Pornosgucken störte, gab Marko ihm eine Ohrfeige und scheuchte ihn wieder aus dem Zimmer.

Manuela besaß ein altes Kaninchen, das in einem Käfig in Markos Zimmer lebte. Mit einem beherzten Griff in den Nacken holte Marko das Tier aus dem viel zu engen Käfig und legte es vor sich auf den Teppichboden. Dann streckte er sein Bein nach dem Hasen aus und das Tier stürzte sich auf Markos Fuß und fing an, wie wild mit dem Becken zu stoßen.

Manuela war überraschend hübsch für diese Familie, in der Gliedmaßen immer entweder zu lang oder zu kurz waren, Lippen zu dick, Augen zu klein und Ohren zu groß. Manuela passte da nicht wirklich rein. Mein Vater sagte ein Mal anerkennend, „die Kleine" werde mal eine schöne Frau werden.

Ein anderes Mal forderte Manuela mich anstatt ihren Bruder Marko zum Bonbonwettessen auf. Wir legten die Campinos in einer Reihe auf unseren Schenkeln aus, bevor der Startschuss fiel. Manuela trug Hotpants. Sie lief barfuß über den Spielplatz, der Nagellack an ihren Zehen war bereits stark abgeblättert. Marko tobte, weil seine Schwester auf seine Seitenhiebe nicht einging und ihn ignorierte.

Fick ihn doch gleich, du Nutte, sagte er beleidigt.

Dani findet deine Schwester niedlich, sagten die beiden Jungen, als sie Marko provozierten, und Marko wich bloß ihren Blicken aus und murmelte dann: Kann er gerne haben. Fünfzig Euro.

Er warf mir scherzhaft vor, absichtlich verloren zu haben.

Dann fick ich sie eben, wenn du dich nicht traust, sagte Marko und stand von der Sitzbank auf. Er grapschte nach seiner Schwester und die Beiden fingen an, zu rangeln. Marko griff ihr an den Schritt und Manuela schlug ihm mit dem Ellbogen gegen die Rippen, schrie und fluchte. Marko packte sie von hinten und schlang seine langen Arme um ihren Körper, dass sie keinen Widerstand leisten konnte. Als er seine Hand in ihrem Hosenbund hatte, prustete Manuela los und brach dann in Gelächter aus, als würde er sie kitzeln.

Markos Mutter hatte große blaue Augen, die immer sehr müde aussahen, blutunterlaufen, mit langen künstlichen Wimpern. Sie gab noch viel Acht auf ihr Aussehen.

Ich kannte Marko seit dem Kindergarten. Damals durfte ich ein Mal über Nacht bei ihm bleiben. Wir tobten in seinem Zimmer, es gab Pommes aus der Pfanne und Bockwürste mit Tomatenketchup und vor dem Schlafengehen sahen wir uns einen Zeichentrickfilm an, „Dumbo" oder einen mit Asterix. Markos Vater war an diesem Abend nicht zu Hause und wir schliefen in dem großen Bett der Eltern. Im Dunkeln hörten wir die Trinker auf dem Naumannplatz poltern und streiten. In der Nacht wurde ich wach und fürchtete mich. Ich suchte nach Markos Mutter. Sie schlief in Markos Zimmer. Sie tröstete mich und nahm mich in das Bett. Die Mutter war damals mit Manuela schwanger. Unter ihrem Shirt wölbte sich die Babykugel.

Ein anderes Mal fuhr ich mit Marko und seinen Eltern in ihrem Auto. Markos Vater war wütend, er schimpfte über das Autoradio. Er diskutierte mit der Mutter. Offenbar war etwas an den Reglern falsch eingestellt. Marko und ich saßen auf der Rückbank. Wir waren vier Jahre alt. Marko sagte, sein Vater solle eine Kassette abspielen, wahrscheinlich wusste er überhaupt nicht, worum es ging. Da drehte sich der Mann plötzlich um und schlug dem Kind auf einen seiner Schenkel. Marko fing an zu weinen. Ich wurde ganz starr.

Ob sein Vater bloß wollte, dass Marko den Mund hält, oder ob er seinen Sohn verdächtigte, unerlaubt an dem Radio herumgespielt zu haben, weiß ich nicht. Die Mutter zeigte jedenfalls keine Reaktion, sie tröstete Marko nichtmal.

Marko tat mir furchtbar leid, sein Weinen klang so bitterlich, kaum auszuhalten für mich, aber ich wagte nicht, etwas zu ihm zu sagen.

Obwohl er nie grob zu mir war, hatte ich als Kind Angst vor Markos Vater.

Mit unserer vierten Klasse fuhren Marko und ich zum Kanufahren an den Plöner See, und für den letzten Tag war vorgesehen, dass die Eltern kommen, sich alles zeigen lassen und dann ihre Kinder wieder nach Hause mitnehmen. Ich fuhr mit Marko und seinem Vater. Marko hörte sich die komplette Fahrt über ein Hörspiel auf Kopfhörern an, während ich angestrengt versuchte, den Blicken seines Vaters auszuweichen, wann immer ich konnte.

Der Mund war zu einem Grinsen verzogen.

Herr Ezrin sah aus wie ein Aschenbecher voll ausgedrückter Zigarettenkippen; er hatte spärliches, graues Haar und ein fahles Gesicht mit Falten an der Stirn und den Mundwinkeln, wie Narben sah es aus.

Unser Lehrer in Mathematik, Sport und Biologie schimpfte über Eltern, die in ihrem Auto laut Techno hören, während sie ihre Kinder zur Schule fahren.

Es war anders, wenn mein Vater schimpfte. Mein Vater, bei dem der Fernseher ununterbrochen lief, sprach auch über Kapitalismus und andere Ismen, und mehr als ein Mal war es mir zu viel, wenn er mir immer die Bild zuschob in der Hoffnung, ich würde irgendeinen Artikel darin lesen und seine Gedanken teilen. Trotzdem blieb er nicht in seinem sicheren, abgeschotteten Zimmer sitzen, sondern rannte hinauf zu unserem Nachbarn, als der seine Frau schlug.

Während mein Vater wie jemand klang, der aus Enttäuschung verbittert ist, wirkte Herr Ezrin wie jemand, der es genießt, zu schimpfen. Er schwärmte von Singapur, seinem liebsten Urlaubsland, wo niemand Kaugummis auf den Boden spuckt und sogar Touristen ihre Kippen in Mülleimern entsorgen, und dann schimpfte er über Türken und Nationalstolz, dazu pickte er sich einen türkischen Mitschüler heraus und stellte ihn vor der gesamten Klasse bloß – wenn keiner da war, schimpfte er ganz allgemein über Moslems und griff einen Araber oder Afghanen an.

Mit ein bißchen Glück konnten wir ihn dazu kriegen, die komplette Stunde keinen Unterricht zu machen.

Es war egal, dass Herr Ezrin Klausuren nie ankündigte (Szene: Herr Ezrin betritt den Klassenraum, donnert seine Tasche auf das Lehrerpult und verkündet: Test!), wir bestanden sie allein deshalb schon nicht, weil wir überhaupt nicht auf dem Laufenden waren.

Herr Ezrin schimpfte über ausländische Eltern, die nicht wollen, dass ihre Kinder Deutsche heiraten. Elternvertreter formierten sich und übten Druck auf die Schulleitung, weil sie sich um den Abschluss ihrer Kinder sorgten, die dem Lehrplan hinterherhinkten, und Herr Ezrin schimpfte über deutsche Eltern, die nicht wollen, dass ihre Kinder Ausländer heiraten.

Wie es aussah, war Herr Ezrin unantastbar. Irgendjemand teilte Jahre später ein Mal seine unterhaltsame Vermutung, dass Ezrin wahrscheinlich gar kein richtiger Lehrer war, sondern die Stelle bloß aufgrund von Lehrermangel erhalten hatte und dann auch gleich verbeamtet worden war.

Er prahlte damit, wie er einen Schüler mit Kokain in den Schuhen erwischt haben will. Wir hielten das nur für eine von Herr Ezrins unzähligen Märchengeschichten, aber dann erwischte er tatsächlich einen Jungen, Boy, mit Gras in seinem Rucksack. Der arme Tropf war völlig verstört, er sorgte sich vor der Polizei und dass er von der Schule fliegt.

Meine Mutter, sagte er, brach dann aber ab, weil eine Träne seine Stimme verschlang.

Das war irgendein Krieg, den Herr Ezrin mit „uns" Jugendlichen führte. Unsere „unbeeindruckten" Gesichtsausdrücke provozierten ihn.

Weil ich in die neunte Realschulklasse ging und Marko auf die Hauptschule, war ich nicht dabei, als er mit Herrn Ezrin aneinander geriet. Tobi stellte die Szene nach, er imitierte ihre Stimmen und Posen: Marko und Ezrin, die einander anschreien, dann kommt es beinahe zu einer Schlägerei.

Geschichten über Auseinandersetzungen zwischen Schülern und Lehrern gab es an unserer Schule oft und Marko sprach hinterher nie mehr über den Streit, es blieb also alles Spekulation.

Die Schulleitung suspendierte ihn für zwei Wochen vom Unterricht, ausgerechnet vor den schriftlichen Abschlussprüfungen.

Dieser Boy ging in eine Klasse tiefer. Er trieb sich immer in der Raucherecke herum, wusste über gefälschte Markenkleidung Bescheid und prahlte damit, was er alles „klar machen" konnte. Er hatte dieses Ikea-Prinzip; alles, was er gerade an seinem Körper trug, stand angeblich auch zum Verkauf. Auf dem Schulhof zeigte er mir seine Adidas Superstar und sein Cap. Alles Kopien, keine Originale. Er wollte auch Schmuck im Angebot haben und Lederkleidung. Er nahm seine Armbanduhr vom Handgelenk, um sie mir ungefragt umzulegen.

Ich war ein Mal bei Boy zu Hause gewesen, angeblich sollte dort eine Party stattfinden, aber außer zwei Mädchen und zwei anderen Jungen, die im Nebenzimmer Wasserbomben aus dem Fenster warfen, war nichts los, es lief nichtmal Musik.

Eine von diesen „Partys", zu denen man seinen eigenen

Alkohol mitbringen musste.

Boy saß lethargisch auf der Couch herum, nachdem er Lachgas genommen hatte. Wir kamen alle ein Mal an die Reihe. Wir benutzten den Sahnespender von Boys Eltern, indem wir die Schlagsahne wegließen und das ausströmende Gas einatmeten. Mir hatten die Jungs vorher beschrieben, wie sich das anfühlt.

Für mich war es, als raste ich mit fünfhundert Stundenkilometern durch einen Tunnel. In meinen Ohren rauschte es, und mein Gesicht zog und spannte und verformte sich bizarr wie bei einem Astronauten in einer rotierenden Zentrifuge, wie ein Schluck Wasser im schwerelosen Raum.

Ich war gefilmt worden. In der Aufnahme lache ich laut und lange und fasse mir dabei an den Bauch. Hinterher tat mir der Kopf weh und meine Lungen brannten, weil ich vor Lachen kaum geatmet hatte, und ich spürte noch Stunden später dieses Stechen in den Rippen und war froh, dass ich nicht ohnmächtig geworden war.

Tobi war einen Augenblick weg, bewusstlos.

Dominik stahl einer Klassenkameradin ein Blättchen mit einem Beruhigungsmittel und wir nahmen die Tabletten in der Hoffnung, uns so richtig abzuschießen, aber sie wirkten nicht und der Abend endete im Krankenhaus, wo Tobi genäht werden musste, nachdem Marko ihn überredet hatte, sich von uns in einem großen Schaukelkorb auf dem Spielplatz im Stadtpark anschubsen zu lassen und Tobi den Halt verlor und sich den Hinterkopf an dem Metallrand des Korbes aufschlug. Tobi war einen Augenblick weg, bewusstlos, und Marko fasste ihm unter den Kopf und hatte plötzlich Blut an der Hand. Vorher hatte er die Situation noch herunter gespielt, schließlich hatte *er* den Korb ja weiter angeschubst, nachdem Tobi bereits Stop rief. Wir suchten im dunklen Stadtpark nach dem Ausgang, um uns der Geruch von unsichtbarem Rhododendron. Tobi machte Marko nie

Vorwürfe für etwas und Marko entschuldigte sich nie für etwas.

An einem Abend, als Marko nicht raus durfte, weil er von der Schule für einen Tag suspendiert worden war, zeigte mir Dominik einen Beutel mit Ecstasy-Pillen. Er hatte sie von einem Bekannten seiner Freundin erhalten, um sie einzeln weiterzuverkaufen.

Alles fühlte sich besser an.

Boy nahm uns mit zu der Geburtstagsfeier eines Bekannten. In dem Wohnzimmer lag Laminat und die einzigen Lichtquellen waren eine Lampe auf dem niedrigen Glastisch und ein paar Neonröhren an den Wänden. Es waren sechs oder sieben Männer in dem kalten Raum, alle breitschultrig und kahl rasiert. Sie boten uns „Pils" an. Leise spielte Trance auf einer Anlage. Es gab für uns keinen Platz mehr zum Sitzen, das L-Sofa war komplett belegt.

Marko sprach mit einem der Männer.

Macht's Spaß?

In meinem Halbjahreszeugnis der neunten Klasse stehen eine Drei, fünf Vieren, zwei geteilte Noten (mündlich Vier, schriftlich Drei) und zwei Fünfen. Der Notendurchschnitt ergibt eine glatte Vier.

Weiter unten auf dem Zeugnis sind meine Fehlzeiten aufgeführt. In früheren Zeugnissen standen dort noch ganze Tage und es gab noch keine Unterscheidung zwischen entschuldigten und unentschuldigten Fehlzeiten. Seit der neunten Klasse war die Rede dann von Unterrichtsstunden und die Summe war dadurch entsprechend größer.

Auf meinem Halbjahreszeugnis stehen vierundvierzig entschuldigte Stunden und zwanzig unentschuldigte. Das Papier fühlt sich sehr dünn und fettig an.

Die Frau von der Berufsberatung des Arbeitsamtes gab sich keine Mühe, ihre schlechte Laune zu überspielen. Ich hatte zu dem Termin trotz vorheriger Aufforderung keine

Bewerbungsunterlagen mitgebracht.

Noch so ein unmotivierter Teenager, der nicht weiß, was er mit seinem Leben anfangen will, muss sie gedacht haben, und obendrein ein Schulschwänzer.

Warum ich so viele Fehlzeiten hätte, wollte sie wissen.

Ich erklärte ihr nicht, wie es sich anfühlt, an der Elbe bei Teufelsbrück zu sein oder in der Bahn irgendwohin, alleine, Hauptsache weit weg von dem Klassenraum, in dem die Mitschüler sitzen. Und niemand kennt und beachtet einen.

Das fühlte sich an wie Davonkommen.

Der Spielplatz am Eulenkamp taugte zum Schwänzen nicht viel. Es gab dort keine Sitzbänke mehr, seit das Spielhaus geschlossen worden war. Die Schaukeln und Klettergerüste aus meiner Erinnerung waren auch verschwunden.

In meiner Erinnerung wurden im Sommer Feste auf diesem Spielplatz veranstaltet, es gab Ponyreiten auf dem Bolzplatz und einen Parcours für funkferngesteuerte Autos.

Zehn Jahre später erinnerte mich das einzelne Fußballtor noch daran. Es war kaum noch Lack an dem Metall. Für ein Spiel war das Feld nicht geeignet, der Boden war aus Kies, in dem man förmlich versank beim Laufen, und es gab keinen Zaun drumherum.

Tobi stellte die Musik auf seinem Handy leiser, als seine Mutter anrief. Sie hatte diese Gewohnheit, sich in den unpassendsten Augenblicken zu melden und Tobi dann Vorwürfe zu machen dafür, dass er den Abwasch vergessen hatte oder irgendwas im Haushalt fehlte, das er besorgen sollte. Sie warf Tobi Absicht vor, und Tobi schüttelte bloß stoisch den Kopf und sagte nichts dazu.

Dominik erriet immer, wenn es Tobis Mutter war.

Wir vertrieben uns die Zeit in der Europa-Passage, als Tobis Handy klingelte und seine Mutter sich danach erkundigte, wo er steckte – sie hätte für vier Personen gekocht und sie würden sich seine Portion jetzt einfach teilen, wenn er nicht mehr käme. Ich konnte förmlich den Dampf sehen, der aus dem Topf aufstieg, in dem Tobis Mutter mehrere Konserven Ravioli aufgewärmt hatte.

Wir verfolgten zwei Jungen in unserem Alter. Wenn sie in ein Geschäft hinein gingen, stellten wir uns davor und warteten, bis sie wieder heraus kamen. Als sie sich in ein Eiscafé setzten, nahmen wir uns einen Tisch in der Nähe, bestellten aber nichts. Wir sprachen abfällig über eine bestimmte Sorte Kappen oder Hosen, die die beiden Jungen trugen.

Schwuchtel, sagte einer von uns, Scheiß Kartoffel.

Sie drehten sich mehrmals nach uns um und wir verfolgten sie auch, nachdem sie das Café wieder verlassen hatten.

Abzocken, sagte einer von uns so laut, dass die Beiden es hören mussten. Abzocken?

Aus dem nächsten Klamottenladen kamen die Jungen nicht mehr heraus. Wir lehnten uns an das Geländer auf dem Gang, schauten in das Geschäft hinein.

An dem Abend hatten wir uns Bier besorgt in dem Supermarkt in der Europa-Passage und waren so lange dort geblieben, bis die Geschäfte schlossen und die Sicherheitsleute uns aufforderten, zu gehen. Am Eingang zum Parkhaus von Karstadt stellten wir uns zum Pinkeln hin. Das Gittertor vor dem Parkhaus war bereits herunter gefahren worden. Auf der anderen Straßenseite befand sich ein Seiteneingang, wo die Sicherheitsleute ihre Zigaretten rauchten.

Macht's Spaß, rief einer von ihnen zu uns herüber.

Ja, sagte Tobi, ohne sich nach ihnen umzudrehen.

Sie trugen kurzgeschorenes Haar und waren breitschultrig unter ihren dunklen Bomberjacken.

Da drüben gibt's eine Toilette.

Tobi reagierte nicht.

Sag mir, wo du wohnst, dann piss' ich dir mal vor die Tür!

Wohnst du hier in der Einfahrt, fragte Tobi und fing an zu lachen.

So schlagfertig war Tobi eigentlich nicht. Er war Everybody's Darling, jeder kam mit ihm aus.

Dominik kritisierte ihn dafür, wie er sich von seiner Mutter gängeln ließ.

Dominik sagte, ursprünglich seien es zweihundert Pillen gewesen. Die Tüte sah noch sehr voll aus. Sie hatte einen rosigen Schimmer, aber in der Hand waren die Pillen weiß. Entweder war eine Rolex-Krone darin eingepresst oder ein Mitsubishi-Logo, ich erinnere mich nicht mehr. Dominiks Freundin war an dem Abend nicht zu Hause, an dem Dominik mir eine Pille schenkte.

Alles fühlte sich besser an.

Dominik erzählte mir von dem Praktikum, das er in den letzten Ferien gemacht hatte. Das war eine freiwillige Sache gewesen, es hatte nichts mit der Schule zu tun. Über Tobi und Sandra hatte Dominik Kontakt zu diesem Mädchen aus Niendorf aufgenommen, auf dessen Geburtstagsparty wir gewesen waren. Ihrem Vater gehörte ein Betrieb für Stadtrundfahrten

Er sprach nie darüber, aber wir alle glaubten, dass Tobi in Sandra verliebt war. Tobi kam gut an bei Mädchen und normalerweise suchten sie seine Nähe, aber bei Sandra war es ausnahmsweise mal umgekehrt. Sie lebte im gleichen Haus wie er. Nachdem sie uns einlud, sie und ihre Freundinnen zum Schwimmen zu begleiten, führte sie uns mehrere Bikinis vor.

Sie war unschlüssig.

Wenn Tobi lächelte, dann mit offenem Mund.

Sandra war schon sehr selbstbewusst für ihr damaliges Alter. Sie war ein Jahr jünger, aber bereits einen Kopf größer als wir.

Wenn Sandra lächelte, strahlten ihre Augen.

Du bist immer dabei, sagte sie, ich sehe dich immer.

Mein Vater mochte Tobi. Weil er so still und robust war.

Vielleicht spürte er auch, dass Tobi bei Mädchen gut ankam.

Die Predigten meines Vaters waren ermüdend. Wenn es nach ihm ging, würde alles immer schlechter, Menschen alle bescheuert, man müsste immer seine Rechte kennen.

Wenn er sich danach erkundigte, wie mein Schultag war und ich mich abfällig über Schule äußerte, weil ich Schule hasste, kritisierte er mich für meine Haltung und warf mir vor, mir sei noch nie etwas gut genug gewesen.

Du magst nie etwas, sagte er. Du mochtest den Kindergarten nicht, mochtest die Grundschule nicht, auf dem Gymnasium hat es dir nicht gefallen.

Ich ärgerte mich, so angegangen zu werden. Als hätte ich mir irgendetwas davon je ausgesucht.

Der Sekundenzeiger meines Weckers war rot. Der Zeiger zum Feststellen des Alarms war gelb.

Der Unterricht begann für uns um acht Uhr. Damit ich so lange wie möglich schlafen konnte, stellte ich den Wecker auf sieben Uhr. Weil ich abends duschte, konnte ich mir morgens nach dem Aufstehen die Zähne putzen und mich anziehen und mich danach wieder hinlegen. Die Füße mit den Schuhen daran streckte ich über den Bettrand. Gegenüber vom Bett lag der Wecker. Ich schloss die Augen und versuchte, nicht einzuschlafen. Die Augen zu schließen und zu entspannen, war erholsam.

Der dünne weiße Zeiger passierte die Drei, dann die Vier und Fünf und gelangte zur Sechs. Jede Minute, die mir jetzt noch blieb, war kostbar.

Ich sagte mir, ich würde nicht schwänzen.

Aus fünf Minuten wurden vier – was noch immer gut aussah. Dann drei – immerhin noch die Hälfte. Dann zwei – also doppelt so viel wie eine einzige. Und in der letzten Minute verfolgte ich jede einzelne Sekunde.

Als der rote Zeiger die Zwölf passierte, kniff ich die Augen zusammen und stand wieder auf.

Hast du verschlafen, fragte mein Vater, als wir uns im Wohnungsflur begegneten, du bist spät dran. Du kannst doch nicht verschlafen, Junge, auf Arbeit hätten sie dich jetzt entlassen!

Auf dem Schulweg kam ich an einer Wohnung vorbei, in der jemand duschte. Das plätschernde Wasser klang warm und einladend und doch unerreichbar.

Wenn ich ganz schnell rannte, genügten zehn Minuten.

Kurz vor der Schule blieb ich keuchend stehen und rang nach Luft, spürte, wie meine Lungen brannten. Ich hatte mir bis hierhin gesagt, dass ich nicht schwänzen würde. Dann bog ich in die letzte Straße ein. Die Glocke zur ersten Stunde hörte ich noch, während ich mich langsam wieder von der Schule entfernte.

Manchmal fühlte sich Schwänzen nicht wie Davonkommen an, sondern wie Weglaufen.

Meine Mutter kritisierte meinen Vater für seine Teilnahmslosigkeit, seine Passivität. Er lasse die Wohnung verfallen, sagte sie, nur seine Pflanzen seien ihm wichtig.

Ich war sehr überrascht, als mein Vater schilderte, wie er zu unserem Nachbarn hinauf gegangen war und unter dem Vorwand an dessen Tür geklingelt hatte, der Lärm und das Geschrei störten seine Mittagsruhe – bloß um diesen Kerl dazu zu bringen, von der Frau abzulassen.

Das Ehepaar hatte noch zwei Söhne, einer älter als ich, einer jünger. Mit der Mutter verstand sich meine Mutter gut, sie grüßten einander, plauderten im Treppenhaus oder wenn die Frau mit dem Hund ihrer Söhne Gassi ging. Ein Mal hat sie das Auto ihres älteren Sohnes gewaschen.

Die arme Frau, sagte meine Mutter.

Der arme Junge, sagte meine Mutter.

Marko bereitete sich auf die Prüfungen vor, dachten wir. Tobi und er, die in dieselbe Klasse gingen, sollten in den nächsten Wochen ihren Hauptschulabschluss machen.

Marko verhielt sich unauffällig. Er war nicht mehr so häufig dabei, wenn wir uns an den Nachmittagen trafen, aber auch Tobi und sogar Dominik hatten weniger Zeit und wir begegneten uns meist nur in der Schule.

Dominik reagierte verhalten auf Markos Vorschlag, gemeinsam nach Travemünde an die Ostsee zu fahren und den Tag dort zu verbringen. Wenn Dominik von einer fremden Idee nicht überzeugt war, dann sprach er sich nie klar dagegen aus, sondern machte stattdessen einen Gegenvorschlag, in der Hoffnung, man könnte seine Idee noch besser finden. Diesmal fiel ihm aber nichts ein, vielleicht, weil ihm der Zeitpunkt generell nicht passte. Dass Tobi, obwohl mitten in den Prüfungsvorbereitungen, frische Luft begrüßte, um den Kopf frei zu kriegen von all dem Lernen, setzte Dominik zusätzlich unter Druck, aber etwas verpassen wollte er auch nicht, also lenkte er schließlich ein.

Aber er hatte keinen Spaß. Er wirkte nachdenklich und abwesend. Wenn man ihn aus seinen Gedanken riss, reagierte er gereizt. Er wollte nicht mit ins Wasser. Er sagte, es sei ihm zu kalt, und es stimmte auch, und letztlich war es vernünftig, dass einer von uns die Sachen im Auge behielt, aber kaum war er alleine, sah man ihn bereits auf seinem Handy telefonieren. Er hatte auf der Hinfahrt mehrmals Anrufe weggedrückt und dann konzentriert Nachrichten getippt.

Marko vermutete, er hatte Streit mit Veronika.

Dominik trank auch nichts von dem Weincocktail, von dem Marko zwei Flaschen mitgebracht hatte. Das Getränk war zwar süß und man konnte es auch warm trinken, aber dieser fuselige Nachgeschmack hinterließ ein pelziges Gefühl auf der Zunge.

Je gelassener Marko wurde, desto unentspannter wurde Dominik. Er zischte Marko und Tobi an, als sie an einem der Strandkörbe herumwerkelten und ihn „knackten", dabei war das Ding überhaupt nicht abgeschlossen gewesen.

An einer Stelle sah ich Dominik Marko bereits die unangenehmen Fragen stellen, die ihm, Tobi und mir durch die Köpfe gingen, die wir aber für uns behielten; wie er mit den Prüfungsvorbereitungen voran kam, ob er glaubte, das Klassenziel zu erreichen. Dominiks Gesicht nahm sogar diesen provokanten Ausdruck an – ein bißchen prüfend, ein Grinsen darin, die Augen halb geschlossen und die Brauen gehoben. Aber er machte keine Bemerkung.

Ich wusste nicht, wie Marko reagiert, wenn man ihn provoziert, ausgerechnet, nachdem er etwas getrunken hat.

Marko war zufrieden mit sich und dem Tag, auch wenn das Wetter wirklich nicht schön war, die Sonne weit und breit nicht zu sehen hinter den unruhigen Wolken, die so aussahen, als konnten sie jeden Augenblick die ersten dicken Tropfen Regen fallenlassen. Der Strand hatte kaum Menschen angelockt an diesem Tag, alles wirkte, als hätte man sie davor gewarnt, zu kommen.

Das Drittbeste am Trinken war die Neugier.

Mit vier, fünf Jahren suchte ich den Nervenkitzel. Wenn ich mit meinen Eltern in einer Menschenmenge unterwegs war, blieb ich plötzlich stehen. Ich beobachtete, wie meine Eltern sich entfernten. Mein Herzschlag ging schneller, wenn Passanten mir die Sicht auf meine Eltern versperrten. Meine Hände schwitzten. Mit jedem Schritt, den sich meine Eltern weiter von mir entfernten, drängte mich ein Klopfen in meiner Brust mehr und mehr, ihnen hinterher zu laufen. Aber diese Neugier, die mir in den Fingerspitzen kribbelte, zwang mich, es hinauszuzögern, so lange wie möglich, und um mich zu beruhigen, versicherte ich mir: Deine Eltern wissen nicht, dass du stehengeblieben bist, dass du nicht mehr bei ihnen bist.

Ich spürte, wie die Erleichterung die Angst aus mir herausdrängte, aber dann fühlte ich mich schlecht, wieder davongekommen zu sein.

Unser Mathelehrer Herr Ezrin hatte wieder drei von uns an die Tafel „gebeten". Zwei von ihnen standen hinter den ausgeklappten Flügeln, einer direkt davor, mit dem Rücken zur Klasse. Herr Ezrin diktierte eine Gleichung und formulierte die Aufgabenstellung.

Sobald offensichtlich war, dass derjenige, der in der Mitte stand, keinen Schimmer hatte, begann er:

Weißt du nicht, wie du anfängst? ... Hast du im Unterricht nicht aufgepasst? ... Warum weißt du es dann nicht? ... Weil du dich lieber mit deinem Tischnachbarn unterhältst? ... Oder bist du faul? ... Wasch dir mal die Haare und lass dir eine ordentliche Frisur machen – als ich in eurem Alter war, hätten sie einen wie dich abends nichtmal in's Haus gelassen. ... Was machst du denn Wichtiges in deiner Freizeit, dass dir die Schule so egal ist? ... Hast du die falschen Freunde? ... Was willst du überhaupt nach der Schule machen? ... Glaubst du, du schaffst den Abschluss überhaupt? ... Du stinkst doch vor Faulheit! ... Glaubst du, deine Eltern füttern dich dein Leben lang durch? ... Oder sind deine Eltern selber arbeitslos?

Marko holte aus.

Mein Körper glühte wohlig.

Es war leider sehr unbefriedigend, nur diese Gerüchte auf dem Schulhof zu erfahren, aber nichts Konkretes. Jeder dichtete ein, zwei Details hinzu und dabei kamen die rasantesten Abenteuergeschichten heraus.

Die Schulleiterin klärte uns dann noch am selben Tag auf: Herr Ezrin sei überfallen worden und befände sich im Krankenhaus. So kurz vor den Prüfungen.

Ein Polizeikommissar besuchte unsere Schule und stellte sich auch unserer Klasse vor. Er sprach mit mehreren „Problemschülern", darunter Marko.

Diese Aufmerksamkeit genoss Marko, vor allem aber die Ratlosigkeit und Verunsicherung der anderen Lehrer, die zunahm, je erfolgloser die Suche verlief.

Marko „gönnte" sich ein neues Handy. Auf dem Rückweg von Media Markt begegneten wir Steffi, diesem geistig behinderten Mädchen. Sie hatte einen Bruder, der ebenfalls „zurückgeblieben" war, und wir sahen sie manchmal in der Gegend unserer Schule, wo sie in einer betreuten Wohneinrichtung lebten. Gut möglich, dass sie sogar älter waren als wir, aber vom Verhalten her waren sie kleine Kinder; immer euphorisch, wollten sie einen ständig umarmen und erzählten voller Begeisterung, wann sie essen gewesen waren und welche Cartoons sie am liebsten mochten.

Marko schwärmte manchmal von dieser Steffi. Wir hielten das für derbe Scherze, zumindest mir war nur schwer vorstellbar, dass man dieses Mädchen ansprechend, geschweige denn anziehend finden konnte. Marko rätselte, welche Farbe ihre Schamhaare haben und ob sie sich rasiert und ob da Spuren in ihrem Höschen waren, und wir lachten, weil er jedes Mal noch einen drauflegte.

Er sprach ganz ruhig und leise mit Steffi.

Mit derselben Geduld stellte er auch Tobis Schwester Janine Fragen und hörte ihr aufmerksam zu, was sie Tobi über den Freund ihrer Mutter zu erzählen hatte. Die harmlosen kleinen Witze des Freundes, auf Janines Kosten, und seine halbherzigen Versuche, sich wieder mit ihr zu versöhnen. Janine war sensibel und schnell beleidigt. Tobis und Janines Kleidung strömte den gleichen Geruch von süßlichem Waschmittel aus.

Während der Grundschule war sie kurze Zeit mit Marko und mir in eine Klasse gegangen, wechselte dann aber auf eine Schule für Kinder mit „besonderem" Unterstützungsbedarf. Förderschule nannten wir das damals.

Marko und ich gingen die ersten vier Schuljahre in dieselbe Klasse. Tobi war in der Parallelklasse. Ein Mal geriet Tobi mit Marko aneinander. Seit ich Marko kenne, war er im-

mer ein bißchen größer als alle anderen und auch viel kon-
fliktbereiter, deshalb gingen die meisten Kinder ihm lieber
aus dem Weg. Als Tobi während des dritten Schuljahres an
unsere Schule kam, checkten wir zuerst ein Mal ab, was für
einer er war.

Mit seiner breiten Nase und dem Affenmaul sah Tobi
schon damals wie ein Schimpanse aus.

Zum fünften Schuljahr wechselten Marko und ich auf un-
terschiedliche Schulen. Ich bestand die Beobachtungsstufe
des Gymnasiums aber nicht und wechselte nach der sechs-
ten Klasse auf unsere Realschule, wo ich noch Freunde hatte. Dort lernte ich dann Dominik kennen. Wir gingen in dieselbe Klasse. Er war ein Jahr älter, wiederholte das Jahr.
Marko und Tobi waren nach der Grundschule Klassenkameraden geworden.

Tobi fühlte sich nicht ausgegrenzt, seit seine Mutter ihren
neuen Freund hatte.

Am Tag vor den ersten schriftlichen Prüfungen bastelte
Tobi sich einen Spickzettel: Er tippte den Lehrstoff in Stich-
worten am Computer ab und druckte ihn sich in einem win-
zigen Schriftgrad auf einem Blatt Papier aus. Den Mini-Text
schnitt er sich mit einer Schere zurecht, bis er einen kleinen
Schnipsel von der Größe einiger Quadratzentimeter ergab –
den wickelte er dann mit Tesafilm um einen weißen Kugel-
schreiber.

Er sagte, er hätte den Stoff zwar schon auswendig gelernt
und fühle sich auch sicher, aber sicher sei nunmal sicher.

Ich fälschte die Unterschrift meiner Mutter unter den
meisten meiner schlecht benoteten Klausuren und auf jeder
Entschuldigung. Als meine Klassenlehrerin mir das Schrei-
ben für meine Eltern übergab, mit dem sie darüber unter-
richtet werden sollten, dass meine Versetzung gefährdet war,
zögerte ich zuerst und unterschrieb dann trotzdem.

Ich hob den Telefonhörer ab, als meine Lehrerin an einem Abend bei uns zu Hause anrief. Meine Mutter war da gerade erst von der Arbeit heimgekehrt, sie hatte sich noch nichtmal umgezogen. Mein Herz raste.

Es tat mir bitterlich leid.

Dominik warnte mich nicht vor. Ich begleitete ihn zum Büro unserer Schulleiterin, weil er ihr etwas übergeben wollte. Es war eine Entschuldigung, angefertigt von Dominiks Mutter. Weil unsere Klassenlehrerin sich außerstande sah, Dominik einen kompletten Tag vom Unterricht freizustellen, verwies sie ihn an unsere Schulleiterin. Die erkundigte sich nach dem Grund und Dominik teilte ihr direkt und ohne zu zögern mit, dass er seine Freundin zur Abtreibung begleiten wollte.

In meinem Horizont gab es für sowas keine Bezeichnung, nichts Vergleichbares, das ich als Maßstab hätte heranziehen können.

Ich kannte aus Pornofilmen, was Menschen miteinander treiben, wir zeigten einander angebliche Gewaltvideos und interessierten uns für Drogen und nahmen auch welche, aber das war eine andere Realität. Der Flur schrumpfte in sich zusammen.

Als raste ich mit fünfhundert Stundenkilometern durch einen Tunnel. In meinen Ohren rauschte es.

Der Abstand zwischen Dominik und mir dehnte sich aus, als ich mir bildlich vorstellte, was er gerade gesagt hatte. Dominik fühlte sich für mich plötzlich sehr weit weg an.

Ich kannte dieses Gefühl, zum Beispiel, wenn ich nachts wach lag. Alles war dunkel und still und die zwei Meter zwischen mir und dem Fenster waren wie ein Blick quer über eine weite, tiefe Schlucht, von der man den Boden nicht mehr sehen kann.

Dass sie einen Staubsauger in seine Freundin stecken, hat Dominik scherzhaft gesagt.

Wir hatten eine gemeinsame Klassenkameradin gehabt,

Connie, die im Jahr zuvor auf unsere Schule gekommen war. Connie hatte Vorderzähne, die etwas vorstanden, und wenn ihr Mund geschlossen war, sah es ein wenig so aus, als hätte sie eine Boxerschiene darin. Die Mundwinkel waren dann leicht herabgezogen, und sobald sie sich konzentrierte, bildete sich zwischen ihren Augen eine kleine Zornesfalte.

Ich fand das sehr ansprechend.

Die anderen Mädchen in unserer Klasse waren forsch und zickig, aber Connie hatte etwas Besonnenes, Freies.

Ich fand heraus, wo sie wohnte und trieb mich öfter an den Nachmittagen dort herum, in der Hoffnung, ihr zu begegnen. Ich dachte mir Gesprächsthemen aus, übte vor dem Spiegel Gesichter – Erstaunen, Freude –, konstruierte ganze Dialoge.

In der Schule sprach ich aber kaum mit ihr, wahrscheinlich bemerkte sie mich auch überhaupt nicht.

Sobald sie sich in unsere Klasse und insbesondere in die Mädchengruppe integriert hatte, veränderte auch Connie langsam ihr Aussehen und bald ging sie mit einem Jungen aus Sandras Klasse. Das verstand ich nicht, da ich den Typen für langweilig und verschlafen hielt. Außerdem war er ein Jahr jünger. Mein Bild von Connie veränderte sich, aber auch mein Blick auf mich selbst. Ich war mir selber ein bißchen peinlich.

Von ihrem nächsten Freund wurde Connie schwanger. Das war eine große Sache an unserer Schule, es fühlte sich so an, als wüsste Connie bald etwas, von dem wir noch sehr lange nichts verstehen würden. Ihre Eltern nahmen sie von der Schule.

Später begegneten wir Conny noch ein Mal. Sie stand mit dem Kinderwagen vor der Schule und fragte Dominik, ob er ihr Gras besorgen könne.

Dass ich mit dem Kiffen nicht aufhörte, war widersprüchlich, völlig schizophren, denn anstatt mich zu entspannen, bekam ich davon Paranoia. Ich lachte nicht mehr, wollte mich nicht mehr unterhalten, hatte keinen Appetit – dafür fing das Gedankenkreisen an. Es war absurd, aber ich fühlte mich von anderen Menschen beobachtet.

Sie denken über mich nach, dachte ich mir und war eingeschüchtert von jedem Blick, sie sprechen über mich, wenn ich nicht da bin.

Das Ritual, das mochte ich – das faserige Zeug in der kleinen durchsichtigen Tüte, dieser aufregende, herausfordernde Geruch, die Vorfreude. Ein komplettes, mit nichts zu vergleichendes Gefühl.

Als Dominik nirgends mehr was auftreiben konnte, tat ich ihm den Gefallen und stellte ihm meinen Nachbarn vor. Mir selber besorgte ich nichts und rauchte hinterher auch nicht mit Dominik. Es war mir unangenehm und peinlich – meine Eltern hatten mit dem Mann Auseinandersetzungen gehabt.

Dominik tauchte auch am nächsten Tag wieder auf und am Tag darauf. In den Ferien hatten wir uns nicht gesehen, Dominik war wie untergetaucht.

Wie war denn die Abtreibung, traute ich mich, zu fragen.

Sie raucht jetzt sehr viel, sagte Dominik schulterzuckend.

Mir war mulmig, es drehte sich etwas in mir.

Sie denken über mich nach, sie sprechen über mich.

Warum müssen ihre Gesichter immer so todernst aussehen, fragte ich mich. Ich hatte niemanden umgebracht, sie brauchten keine Grenze zu ziehen. Sie sollten lieber lächeln.

Die Schulleiterin bat mich in den Raum. Vor meiner Mutter lag eine Mappe auf dem Tisch und darin waren Dutzende Entschuldigungen, die ich geschrieben und mit falschem Namen unterzeichnet hatte. Die Hände meiner Mutter lagen auf ihrem Schoß, sie weinte leise, sagte, sie wisse nicht, was sie tun könne. Es tat mir bitterlich leid. Gerne hätte ich meiner Mutter eine Hand auf die Schulter gelegt, um ihr ein Signal zu geben, sie zu trösten, aber ich hob nichtmal den gesenkten Blick. Ich schämte mich. Es fühlte sich an, als sei ich komplett allein.

Wie musste meine Mutter sich fühlen?

Lass mich in Ruhe.

Janine berichtete ihrem Bruder, was der neue Freund der Mutter Gemeines zu ihr gesagt hat. Manchmal begegneten wir uns in dem dunklen Flur, dann murmelte der Freund nur eine unverständliche Begrüßung. Er war groß und stämmig, mit kurzen Haaren, und er trug eine Brille. Wenn ich vom WC kam, hörte ich Janine mit ihm auf der Couch im Wohnzimmer toben.

Wenn Janine sich gekränkt fühlte, nahm die Mutter ihn in Schutz. Er drücke sich halt anders aus, sagte sie dann immer beschwichtigend.

Ich halte mich raus, sagte Tobi, ich bin hier sowieso bald weg. Tobi fühlte sich nicht ausgegrenzt, seit seine Mutter ihren neuen Freund hatte. Er sagte, er freue sich für sie.

Tobi bestand die Prüfungen und erhielt die Ausbildung.

Bald wird er vierzig Wochenstunden arbeiten, heiraten und mehrfacher Vater werden, stellte ich mir vor, und was nicht fehlen durfte: Ein Familienauto. Mit Kindersitz und Kinderliedern aus der Musikanlage.

Der Abstand zwischen Tobis vermeintlichen Plänen und meinem Wunsch, mich vor Erwartungen und Verantwortung in eine einsame, verlassene Hütte in der Wildnis zurückzuziehen und in Ruhe durchzuatmen, erschien mir lächerlich grotesk.

Aber ich gönnte Tobi Erfolg. Er freute sich sehr. Er verdiente es.

Wir luden Freunde und Klassenkameraden ein. Tobi hatte die Wohnung an einem Wochenende plötzlich für sich, die Mutter und der Freund waren sehr kurzfristig für ein paar Tage verreist.

So viele Menschen waren da, die ich kannte, und so viel

Alkohol. Wir hatten mehrere Kästen Bier aus dem Getränkemarkt geholt und Spirituosen. Es war ein Kommen und Gehen, wie ich es nur aus Filmen kannte, eine Inszenierung, eine einstudierte Choreografie, nirgendwo trennten Räume Jungen und Mädchen, alles war in Bewegung und ich war seit längerer Zeit wieder so zufrieden, dass ich sogar alleine tanzte.

Dominik gab den DJ.

Tobi und Sandra hätten einander gut gestanden, fand ich.

Marko hatte an keiner Abschlussprüfung teilgenommen.

Ein paar Tage darauf begegnete ich Markos Vater im Viertel. Er hatte Schrammen im Gesicht, seine Augen waren blau, seine Lippen geschwollen. Im Vorbeigehen murmelte er eine Begrüßung. Sein Rasierwasser roch kühl und scharf.

Der penetrante Geruch im Auto. Wenn man zuviel davon roch, war da nur noch Alkohol.

Denselben Geruch benutzte auch Herr Ezrin. Man konnte es immer riechen, wenn er in einem Raum gewesen war – ein Gespenst, das zwischen uns umher ging.

Ich stellte mir vor, wie Marko Herrn Ezrin ins Krankenhaus prügelt: Er lauert ihm nach Schulschluss auf dem Lehrerparkplatz auf, schlägt ihn nieder zwischen zwei Autos, die Nase bricht, Haut über einem Auge platzt auf und Marko tritt Herrn Ezrin, bis der sich nicht mehr regt am Boden.

Diese Fantasie regte mich ungeheuer auf.

Herr Ezrin hatte sich gegen Marko gestemmt und ihn von den beiden Jungen weggedrängt.

Regt euch ab, sagte Marko schnaubend zu den Lehrern, die ebenfalls hergeeilt waren und ihn umstellt hatten. Er spuckte nochmal in die Richtung, wo die beiden Jungen kauerten, traf aber nur die Jacke von einem Schüler, der dort stand.

Ich schaute mich um und bemerke, dass die Schülertraube sich aufgelöst hatte. Alle standen sie nun wild verstreut drumherum. Ein paar Mädchen weinten vor Schock. Keiner sprach ein Wort.

Was stimmte: Dass es eine Auseinandersetzung zwischen Marko und seinem Vater gegeben hatte, eine körperliche.

Markos Klassenlehrerin hatte nach den Prüfungen bei ihm zu Hause angerufen.

Danach war Marko verschwunden. Wie untergetaucht.

Tobis Mutter verlangte von ihrem Sohn einen Anteil an den Kosten im Haushalt, nachdem er ihr von der Ausbildung berichtet hatte.

Mit einem Ohr an der Wand und mit offenem Mund belauschte ich meine Eltern. Diesmal war etwas anders; zwischen dem Geschrei meiner Mutter und der ruhigen, beinahe sanften Stimme meines Vaters waren Pausen, in denen sie so leise miteinander sprachen, dass ich sie nicht mehr verstehen konnte. Mein Mund stand offen, damit ich meinen Atem nicht hörte und dafür besser verstand, was durch die Wand drang.

Ein Mal wollte ich meine Eltern verletzen. Ich wollte sie fragen, wann sie sich endlich trennen.

Dominik widersprach Marko. Marko war sich sicher darin, was er uns berichtete, aber zuerst nahm Dominik ihn nicht ernst und dann machte er sich sogar ein bißchen über ihn lustig.

Dominik war skeptisch und konnte nie völlig überzeugt werden.

Er wusste immer alles am besten.

Während Dominik die Jacken und Rucksäcke in der Umkleide durchsuchte, lauschte ich auf Geräusche auf dem Flur. Neben der Tür waren Scheiben aus Milchglas. Ein Mal hatte es dahinter tatsächlich geflackert und wir hatten uns im Duschraum versteckt. Es roch kalt und feucht da drin und Licht drang nur durch ein kleines Klappfenster. Wir erwarteten das Geräusch klimpernder Schlüssel an einem Bund

und hallende Schritte. Nachdem wir sicher waren, dass die Luft rein war, gingen wir in die Umkleide der Hauptschüler.

Dominik besorgte von dem Geld einen Bund Rosen. Er sah mager aus, sein Gesicht wirkte eingefallen und ernst, die Wangen sog er vor Nervosität in den Mund.

Ich liebe sie, sagte er schulterzuckend, fast entschuldigend. Ich will sie zurück.

Veronika wohnte nicht mehr bei Dominik und seiner Mutter, aber er sagte, er wüsste, wo sie sich aufhielt. Und wenn er etwas dabei hatte, sagte er, hätte er eine Chance.

Wir klapperten wirklich jeden ab, der uns einfiel. Zum Schluss entschied Dominik sich, zu den Afrikanern in die Schangse zu fahren.

Dominik hörte es nicht gerne, wenn wir seinen Hautton „kaffeebraun" nannten.

Du bist ein Versager, schrie meine Mutter.

Ich bin ein Versager, sagte mein Vater ruhig, aber tonlos.

Fass mich nicht an!

Okay, okay, gut.

Ich hasse dich!

Ja, du hasst mich, ich weiß, sagte mein Vater gebetsmühlenartig, wie das Mantra in einer Meditation.

Was weißt du schon?!

Meine Mutter schluchzte.

Kurz darauf verließ mein Vater die Wohnung.

Ich überlegte, zu meiner Mutter ins Wohnzimmer zu gehen, aber es erledigte sich schon wieder von selbst, sobald ich das Geräusch des Schmutzgeschirrs hörte, das meine Mutter in der Küche zu ordnen begann.

So ging es immer aus; meine Mutter kehrte zur Tagesordnung zurück. Hinterher sprachen sie nie mit einander und nie mit mir.

In meiner Familie sprachen wir nicht mit einander.

Doch dann explodierte etwas. Meine Mutter warf Teller

und Gläser gegen eine Wand. Und sie brach wieder in Tränen aus.

Nachdem auch sie kurz darauf die Wohnung verließ, kehrte ich die Scherben vom Küchenboden auf und saugte ein Mal durch, um die feinen Splitter einzufangen.

Was hätte ich auch anderes tun können?

In meinem Kopf drehte sich alles.

Dominik rief mich an, als ich bei Teufelsbrück an der Elbe stand. Ich war ganz alleine am Ableger, eine Gruppe Pensionäre war gerade vor dem starken Wind geflüchtet. Ich ließ es lange klingeln.

Lass mich in Ruhe.

Wo bist du, fragte Dominik am anderen Ende der Stadt, und durch die Leitung hörte es sich auch so an, als sei er ganz weit weg.

Auf dem Weg zum Arzt, log ich.

Dominik glaubte mir nicht.

Im Nieselregen kämpfte sich ein Containerschiff den Fluss herauf. Der graue Wolkenhimmel war überall.

Wo bist du, Mann, fragte Dominik.

An der Alster.

Ist dort dein Arzt?

Ja.

Was machst du bei Teufelsbrück?

Mein Arzt ist hier.

Dominik glaubte einem nie etwas.

Er tat mir den Gefallen und konfrontierte mich nicht mit meinen Problemen, nicht ausgerechnet jetzt.

Dominik konfrontierte Tobi.

Geh nicht schon wieder ran, sagte er, als Tobis Handy klingelte. Warum lässt du dir das von ihr gefallen?

Ich bin hier sowieso bald weg, zwitscherte Tobi.

Wie verantwortungsvoll er ist, wunderte ich mich, und dann: Wie verantwortungsvoll bin *ich*?

Die Jungen aus unserer Stufe jobbten an Wochenenden in Supermärkten. Aus Angst, seine Mutter könnte von ihm verlangen, sich dann an den Kosten im Haushalt zu beteiligen, hatte Tobi keinen Job angenommen.

Unser Bild von Tobis Mutter war verzerrt. Ich zeichnete sie als eine übergewichtige Frau mit unreiner Haut, die ihre Kinder vernachlässigte und sich für ihren Liebhaber aufgab.

Es stimmte, dass sie Grenzen übertrat; sie kam in Tobis Zimmer, ohne anzuklopfen, stach in die Stellen, wo es ihn am meisten weh tat, dass er nach seinem Vater kam etwa, rieb ihm unter die Nase, dass er nicht genügte, und sie wühlte in seinen Sachen herum, wenn er nicht da war.

Mit welchem Recht, wunderte sich Dominik, und beinahe lief er rot an, dabei konnte man das bei seinem Hautton überhaupt nicht erkennen. Ich stelle sie mir dabei vor, sagte er, mit diesem Eifer in ihrem Gesicht, dieser blinden Überzeugung, dass alles, was sie tut, richtig ist.

Dominik hatte ein ausgeprägtes Unrechtsbewusstsein, wenn es um andere ging.

Ich mag so ein Verhalten nicht, sagte Dominik. Sie ist für ihre Kinder verantwortlich. Sie haben nicht darum gebeten, hier zu sein. Sie hat sich um sie zu kümmern und ihnen eine gute Mutter zu sein.

Dominik sah mich ernst und eindringlich an beim Sprechen. Er tippte mit einem Zeigefinger auf die Tischplatte. Dann zuckten seine Mundwinkel und er prustete los.

Scheiße, sagte er, jetzt musste ich doch lachen...

Ich half Dominik und seiner Mutter bei ihrem Umzug. Sie hatten nur einige ihrer zahlreichen alten Möbelstücke behalten. Die Couchgarnitur, Schränke, die Einbauküche – Dominiks Mutter hatte alles neu gekauft und einfach gleich in die neue Wohnung liefern lassen.

Ich mochte sie, sie hatte einen tollen augenzwinkernden Humor, das Komplizen-Lächeln hatte Dominik von ihr.

Wir durften uns nach getaner Arbeit Pizza kommen lassen, und sie schimpfte auch nicht, als wir auch ein paar Schachteln Zigaretten auf die Rechnung setzen ließen.

Dominik stammte eigentlich nicht aus „unserer" Gegend und hatte auch nur relativ kurz dort gelebt. Die Wohnung war seiner Mutter zu klein geworden und sie hatte den Wunsch verspürt, sich eine neue „Haut" überzustreifen. So nannte sie es, als wir im Transporter zwischen den Wohnungen hin und her fuhren, „überstreifen". Das meiste in den Umzugskartons waren Klamotten und Geschirr, unvorteilhaft verteilt.

Dominik und ich durften die alten Möbel zu Kleinholz hauen, der Trupp von der Stadtreinigung sollte den Sperrmüll in den folgenden Tagen abholen. Wir polterten und schrien in den leeren Räumen, in denen es jetzt hallte. Ohne Einrichtung und Orientierung waren die Fenster nun das Interessanteste an ihnen.

Dominiks Mutter war selten zu Hause, wir hatten die Wohnung oft für uns gehabt. Unter der Woche kehrte sie spät am Abend heim, und an Wochenenden, wenn ich über Nacht bei Dominik blieb, war seine Mutter verreist und hielt Vorträge auf Kongressen. Wir konnten den Herd um drei Uhr morgens benutzen und brauchten uns zum Rauchen nicht still und heimlich ans Fenster stellen wie bei mir zu Hause.

Das war nochmal eine ganz andere Bewegungsfreiheit.

Alles fühlte sich besser an.

Zu dritt war es hier genau richtig, sagte Dominik nachdenklich in einem stillen Augenblick.

Die neue Wohnung war ein frisch hergerichteter Altbau, mit Parkettböden und hohen Decken und einer kleinen schmalen Toilette.

Mit derselben Ruhe und Gelassenheit, mit der meine Mutter abends von der Arbeit heimkehrte und sich umzog, Brote für den nächsten Tag vorbereitete oder ein Fußbad nahm, teilte sie mir mit, dass sie zu meiner Großmutter ziehen wolle, vorübergehend. Sie sagte, sie hätte keine Kraft mehr, mit meinem Vater zu leben. Schon die letzten fünf Jahre, seit mein Vater arbeitslos war.

Es hätte nichts mit mir zu tun, sagte sie. Sie seien es.

Ich bin durcheinander. Ich weiß nicht.

Es war surreal, als machte sie mit mir Schluss, nicht mit meinem Vater.

Habt ihr euch das gut überlegt, fragte ich.

Meine Mutter zuckte mit den Schultern.

Meinst du, Papa spricht mit mir noch mal darüber?

Weiß ich nicht. Was denkst du? Meine Mutter legte mir eine Hand auf die Stirn. Ich wischte sie weg.

Habt ihr abgesprochen, dass du es mir sagst?

Wir haben überhaupt nichts besprochen.

Wie ist es denn überhaupt zu eurem Streit gekommen?

Ich weiß nicht. Spielt das noch eine Rolle? Ich bin durcheinander, ich halte es hier einfach nicht mehr aus. Ich habe diese Wohnung so satt.

Das hätte ein befreiender Moment für meine Mutter sein müssen, das endlich auszusprechen, es sich vor mir als Zeugen einzugestehen.

Am folgenden Tag packte meine Mutter ein paar Taschen zusammen, während ich in der Schule war.

Mein Vater sprach nicht viel mit mir an diesem Tag. Als prallte alles an ihm ab, die Ruhe selbst, es fehlte nur noch, dass er vor sich hin pfiff.

Ist dir alles egal?

Betrunken zu sein war so: Das Gewicht der Gedanken sinkt hinab in den Körper, macht die Beine schwer und zieht die Schultern herab, alles ist perfekt, wie unter einer Schutzhülle, und der Kopf wird zu einer Abrissbirne.

Tobis Mutter verlangte von ihm einen Anteil an den Kosten im Haushalt, nachdem er ihr von der Ausbildung berichtet hatte. Daraus entstand ein Streit.

Tobi und seine Schwester standen später an dem Abend vor meiner Tür, sie wollten mit Dominik sprechen, ihn danach fragen, wie das damals gewesen war, als Veronika bei ihrer Mutter rausgeflogen war. Sie kannten bloß seine neue Adresse nicht.

Dominik lobte Tobis Courage. Er sagte „Courage".

Ich glaube, ich hatte danach nie mehr miterlebt, dass sich jemand so entschlossen gegen Marko zur Wehr setzte wie Tobi damals in der Grundschule. Marko und Tobi waren in dieselbe fünfte Klasse gekommen und bald enge Freunde geworden, was mich sehr überraschte.

Tobi hatte mir das Handy aus der Hand genommen, als Marko auf Steffi lag, aber ich das nicht filmte.

Tobi grinste.

Tobi grinste, als er mit seiner Schwester vor unserer Tür stand und ich sie herein bat.

Sorry, dass wir stören. Er legte mir eine Hand auf die Schulter. Bei uns zu Hause herrscht Chaos.

Beinahe lachte Tobi, unterdrückte aber den Reflex. Sein Gesicht wurde zu einer angestrengten Grimasse.

Janine sprach nicht. Sie schüttelte stumm den Kopf, wollte nichts trinken.

Wir hatten Stress mit unserer Mutter, sagte Tobi mit einer wegwischenden Handbewegung. Alles eine riesige Scheiße.

Egal.

Janine hob den Blick nicht vom Boden.

Tobi sprach mit Dominik und der begleitete ihn und seine Schwester am nächsten Morgen zum Jugendamt. Für Dominik war das die Bestätigung, dass Tobis Mutter nichts taugte.

Dominik gab den DJ auf Tobis Party. Veronika und er brauchten einen ruhigen Ort, wo sie sich unterhalten konnten, deshalb schloss Tobi ihnen das Schlafzimmer seiner

Mutter auf. Dominik ließ eine CD laufen.

Veronikas Freundin ließ sich von Tobi zeigen, wo die Getränke in der Küche standen. Sie hatte mittellanges braunes Haar und ein Oberteil, bei dem die Schultern frei waren, Veronika und sie hätten als Zwillingsschwestern durchgehen können. Veronika hatte auch die gleiche Handtasche. Das Mädchen kramte darin herum und holte eine Zigarette heraus, legte sie aber wieder zurück, nachdem Tobi ihr erklärte, dass sie nur auf dem Balkon rauchen durfte.

Die beiden Mädchen verließen kurz darauf die Party. Auf dem dunklen Flur stehend sah Dominik, dass ich ihn beobachtete. Er erwiderte meinen Blick schweigend.

Mein Kopf tat weh und fühlte sich schwer an, wie eine Abrissbirne.

Wenn ich zu viel getrunken hatte, wenn ich Getränke gemischt oder einfach zu schnell in zu kurzer Zeit getrunken hatte, kippte die Stimmung und mir wurde schwindlig, sobald ich die Augen schloss.

Ich benutzte eine der zahlreichen Plastikschüsseln meines Vaters als Kotzeimer. Ich füllte sie mit ein bißchen Wasser, damit nichts herumspritzte, und stellte sie neben mein Bett und wartete ab.

Von Ecstasy herunter zu kommen, war niederschlagend – ich wünschte mir, zu verschwinden, mich aufzulösen.

Ich konnte trotz Ecstasy und Speed einschlafen, aber ich wurde oft wach und es war nicht erholsam. Ich war blass im Gesicht. Mir wurde schwarz vor Augen, meine Beine zitterten, gaben nach und ich stieß mit dem Kopf irgendwo gegen. Mein Vater half mir auf uns redete mir und sich ein, ich hätte zu viel Sonne abbekommen – ihm sei als jungem Mann einmal genau dasselbe passiert, und die Tage waren ja auch sehr heiß in diesem Sommer.

Die Fahrt mit der Bahn „auf das Land" zu diesem Klub war zuerst erfrischend, dann deprimierend. Wir tranken

Orangensaft mit Wodka aus einer Flasche Hohes C, die Dominik mitgebracht hatte. Nachdem die Falsche leer war, hatten wir noch die Musik aus Dominiks Handy, aber ohne Bässe. Dann langweilte die Musik uns.

Das Licht in unserem Waggon und die Gesichter der anderen Fahrgäste waren zunächst einladend und warm geworden, jetzt wurden sie leer und abweisend. Die Gesichter spiegelten sich in den Fenstern, dahinter zogen stumme Häuser vorüber.

Die letzten zwei, drei Haltestellen stiegen nur noch junge Menschen mit Daunenjacken ein und denselben neonfarbenen Hosen, wie sie Dominik auch eine trug.

Wie es sich wohl anfühlt, mit seiner „kaffeebraunen" Haut zwischen all diesen weißen Menschen zu sein, fragte ich mich.

In den bunten Scheinwerfern, die uns alle blau, grün und rot färbten, konnte man Dominik hier immerhin noch an seinem Afro erkennen. Erst in den Lichtblitzen des Stroboskops fiel er nicht mehr auf.

Dicke Frauen tanzten an Stangen und in Käfigen, der DJ dirigierte die Menge von seinem Mischpult aus, oberhalb der grenzenlos überfüllten Tanzfläche. Der Hardcore war dermaßen laut, aggressiv und eintönig, dass wir schreien mussten, wenn wir miteinander sprachen.

Es flutete warm und angenehm durch meinen Körper, in meine Arme und Beine und in Schleifen durch meine Brust. Es war besser als an dem Abend, als wir es bei Dominik zu Hause genommen hatten. Die Musik hüllte alles ein. Ich rauchte eine komplette Schachtel Zigaretten in einer Stunde auf.

Dominik und ich erzählten uns Geheimnisse.

In einer dunklen Ecke standen Tische mit Sitznischen und Schwarzlichtlampen.

Kommst du wegen Veronika hierher, fragte ich Dominik.

Ehrlich zu sein, war einfach.

Veronika stützte ihre Ellbogen auf der Tischplatte ab und legte ihr Kinn auf die gefalteten Hände. Mit den Schultern bewegte sie sich zum Rhythmus der Musik. Das war das dritte und letzte Mal, dass ich Veronika begegnete.

Als wir auf Tobis Party nur noch so viele waren, dass Tobis Zimmer für uns ausreichte, riefen ein paar Jungen Veronika auf ihrem Handy an und beknieten sie betrunken, mit ihrer Freundin wieder auf die Party zurückzukehren.

Ich will mit Dominik aber nichts mehr zu tun haben, sagte Veronika.

Der Lautsprecher am Telefon war eingeschaltet und alle konnten Veronikas roboterhafte Stimme hören.

Macht das aus, schimpfte Tobi, als er sah, dass Dominik das Gespräch mitangehört hatte, legt auf, los jetzt! Das ist doch nicht zu fassen, wie hohl ihr seid!

Dominik spielte die Situation wieder herunter.

Als meine Klassenlehrerin das zweite Mal bei uns zu Hause anrief, war meine Mutter bereits zu meiner Großmutter gezogen. Ich rief meinen Vater und gab ihm den Hörer.

Unsicher sagte er: Was hat er diesmal angestellt?

Tobi gab Marko den Schlüssel zum Schlafzimmer seiner Mutter, und als Marko Steffi zu Tobi mitbrachte und ihr Zitronenlimonade zu trinken gab und sie überredete, mit uns „Ficken" zu spielen, nahm Tobi mir das Handy aus das Hand und filmte aus nächster Nähe weiter.

Tobi und ich lernten zwei Mädchen kennen. Wir führten sie auf den Ohlsdorfer Friedhof, weil Tobi wollte, dass wir mit ihnen alleine waren. Ich kannte eine Stelle.

Die Mädchen trugen Mückenschutz, ein zitroniger Duft ging von ihnen aus. Ihre gebräunten Schultern zierten helle Abdrücke von Trägern. Es war sehr heiß in diesem Sommer und wir spritzten einander mit einem Wasserschlauch nass, den wir an einem dieser Brunnen anschlossen, die es auf dem Friedhof zum Wässern der Gräber gab.

Am Abend nahmen uns die Mädchen mit zu einer von ihnen nach Hause. Nachdem Tobi mit dem einen Mädchen ins Nebenzimmer verschwunden war, blieb ich mit dem anderen Mädchen im Wohnzimmer zurück. Sie hatte große runde Ohrringe und durch ihr weißes Shirt konnte man ihr Bikinioberteil sehen – wir hatten uns eigentlich zum Schwimmen verabredet.

Meine Erektion drückte gegen meine Hose, ich saß ungünstig auf der Couch. Wir saßen einander gegenüber. Mein Blick ging überall hin, fing jedes Detail in dem Raum ein, wich ihrem Blick aber beharrlich aus. Nur wenn ich aus dem Augenwinkel erahnte, dass sie mich nicht ansah, blickte ich das Mädchen kurz an und schaute dann sofort wieder weg.

Die feinen Rillen in der kühlen Ledercouch.

Wenn ich die Jungen aus meiner Klasse beobachtete, wie sie einer nach dem anderen Mädchen kennenlernten, sich immer regelmäßiger mit ihnen trafen und Paare wurden, sogar diejenigen, denen ich das vorher niemals zugetraut hätte, dann fühlte ich mich dem Druck ausgesetzt, es ihnen nachzumachen, und das lähmte mich.

Setz dich doch hierhin, sagte das Mädchen zu mir und zeigte auf den Platz neben sich. Die Couch war groß.

Ich ging um den Tisch herum und setzte mich neben sie.

Also?

Was?

Na ja…

Was denn?

Nichts.

Sie schnaubte.

Es fühlte sich sehr lange an, bis Tobi seinen Kopf durch den Türspalt schob und uns erstaunt ansah. Er hatte kein Shirt mehr an.

Was ist denn mit euch los, wunderte er sich. Das neue

Traumpaar?

Ich fühlte mich klein, winzig, ich wünschte, zu verschwinden, mit den Fingern zu schnippen und mich aufzulösen. Dass mich niemand kennt und keiner an mich denkt, sich nicht an mich erinnert und niemand mich sehen kann.

Vor was versteckst du dich, fragte Dominik.

Er strahlte vor Überlegenheit. Zum neuen Jahr würde er die Schule wechseln. Unsere Lehrerin hatte meinem Vater dagegen mitgeteilt, dass ich das Klassenziel nicht erreiche.

Komm mit, sagte Dominik.

Auf seiner neuen Schule standen Fehlzeiten nicht im Zeugnis und die Schüler arbeiteten ohne Stift und Papier.

Auch Tobi und Marko würden im nächsten Jahr nicht mehr da sein und ich wäre dann vermutlich in Herr Ezrins Klasse.

Ich fühlte mich nicht so weit, über solche Dinge nachzudenken. Mir fehlte komplett die Orientierung.

Nachdem die Noten für dieses Jahr entschieden waren, gab es noch eine Woche totzuschlagen bis zu den Zeugnissen und den Sommerferien. Unsere Klasse strich den Klassenraum neu an. Wir hatten uns in zwei Gruppen aufgeteilt; die erste sollte mit der Arbeit am Morgen beginnen und die zweite sie zum Nachmittag abschließen. Ich schwänzte und bekam von alledem nichts mit, Dominik leitete die Informationen nicht an mich weiter, und als ich später am Tag in der Tür stand – alle Tische waren in der Raummitte übereinander geklappt und mit Folie abgedeckt worden –, erfuhr ich, dass ich bereits am Morgen dran gewesen war. Der Fußboden lag unter Vlies versteckt und überall klebte Krepp. Unsere Lehrerin ignorierte mich. Ich wurde nicht gebraucht.

Meine Klassenkameraden schienen ganz genau über ihre Aufgaben Bescheid zu wissen. Alles bewegte sich zielsicher an mir vorbei und höflich um mich herum, wenn ich mal im Weg stand. Die ganze Schule strich die Klassenräume neu an. Alle trugen sie alte Shirts und Hosen, die schmutzig werden durften, auf Armen klebten Farbkleckse und feine Sprenkel lagen über Gesichtern.

Ich stellte mir vor, in einem Musical gelandet zu sein. Gleich würden sie alle herumspringen und tanzen und singen, so choreografiert wirkten sie.

Vom Lackgeruch tat mir der Kopf weh.

Ich konnte nur schwer einschlafen.

Nachts flackerte der Himmel. Gewitter ohne Regen.

Mit Beginn der Sommerferien verschob sich mein Rhythmus schnell – ich legte mich später schlafen und stand immer erst am Mittag wieder auf. Ich wälzte mich in meiner verknitterten Bettwäsche, aufgewühlt wie meine Gedanken und voll Schweiß.

Ich lag wie ein träger Hund in der Hitze, auf einer Seite des Körpers und die Arme und Beine von mir gestreckt, und nachdem ich immer wie schlagartig eingeschlafen war, aus einem lebhaften, aufgekratzten Augenblick plötzlich in die Dunkelheit verschwunden, träumte ich vom Schulstreich der Abschlussklassen.

Oder erinnerte ich mich bloß?

Tische auf den Fluren, helles, noch kraftloses Licht der niedrig stehenden Morgensonne hinter den Fenstern der Klassenräume, die Absolventen, die mit Bonbons um sich warfen, Tobi darunter. Marko nicht. Mir war, als bliebe ich als Einziger zurück, Aufbruchstimmung, wohin ich blickte, und an den Rändern Gleichgültigkeit, die Gesichter der Lehrer, die auch im nächsten Jahr wieder hier sein würden.

Meine Noch-Klassenlehrerin, die mich nicht mehr grüßte.

Die Abwesenheit meiner Mutter machte sich zuerst an dem schmutzigen Geschirr in der Küche bemerkbar, das mein Vater und ich weiterhin aus Gewohnheit in die Spüle legten. Dann gingen mir die sauberen Klamotten aus.

Mein Vater ließ die Tür vom Wohnzimmer immer offen

stehen, darin saß er mit der auseinandergefalteten Bild und dem laut aufgedrehten Fernseher. Was vielleicht einladend wirken sollte, erzeugte das genaue Gegenteil.

Wenn mein Vater ein Glas oder eine Tasse benötigte, wusch er sie sich unter dem Wasserhahn ab. Ich kam meiner Aufgabe, Staub zu saugen, nicht nach, und wenn mein Vater mich dazu ermahnte und ich lustlos und umständlich mit dem klobigen alten Gerät Krümel übersah, belehrte er mich und führte mir die Handhabung noch ein Mal vor. Dann bemerkte er, dass die Maschine nicht stark genug sog, weil der Beutel voll war, und wechselte ihn aus.

Marko fand meinen Vater cool.

Ich war erleichtert, ihn wiederzusehen, ich fühlte mich ihm nahe, obwohl er sich verändert hatte. Er trug schon wieder seine Brille nicht. Beim Geldzählen bereitete ihm das keine Mühe, aber was ein paar Meter entfernt war, konnte er bereits nicht mehr richtig erkennen, musste für ihn völlig verschwommen und unscharf sein.

Das Display seines Handys war gesprungen. Wir sahen uns darauf das Video von ihm und Steffi an. Ich hatte die Aufnahme damals zwar gestartet, das Handy dann aber bloß auf den Fußboden gerichtet, ohne es zu bemerken.

Der Ton war schlecht.

Leg dich auf die Couch, hört man Marko in der Aufnahme sagen, dann raschelt es, wahrscheinlich meine Hand am Mikrofon. Ausziehen, sagt Marko dumpf, und Steffi lacht. Mach die Beine hoch, sagt Marko. Er fragt, ob ich schon aufnehme. Ich antworte Ja, ganz deutlich zu hören plötzlich, weil ich das Handy ja hielt, und die Kamera schwenkt vom dunklen Teppich hoch.

Unter den zahlreichen Rissen im Display wirkten Markos und Steffis Bewegungen hölzern, ungelenk und eckig, wie Stop-Motion, Figuren aus Knetmasse, dazu diese Roboterstimmen. Steffi lag auf Tobis Couch und Marko hockte vor ihr, zerrte ihr das Höschen von den Beinen. Seine Shorts zog er sich bloß bis zu den Knöcheln herunter. Warte, sagte Tobi aus dem Off, gut zu verstehen. Das Bild ruckelte, der Ton raschelte, dann filmte Tobi aus der Nähe weiter.

Marko schickte mir das Video an mein Handy, danach war mein Speicherplatz nahezu komplett belegt.

Ich brütete sehnsüchtige Gedanken aus in diesen stickigen, wachen Nächten, Bilder erschienen wieder vor meinen Augen.

Die beiden Mädchen auf dem Friedhof, ihre mädchenhaften, zaghaften Bewegungen, die rötlichen Streifen an dem dicken Bauch der einen, die dunkle Brustwarze, als sie am Oberteil der anderen zupfte.

Sandra in verschiedenen Zweiteilern, ihr Selbstvertrauen und das verblüffende Selbstverständnis, sie uns einen nach dem anderen vorzuführen.

Jessicas unbehaarte, unrasierte Möse, das kleine rosige Arschloch, ihre Finger mit blauem Nagellack auf den gespreizten Pobacken.

Steffi, wie sie grinste, unschuldig.

Immer wieder Steffi.

Ihr Stöhnen, als Marko in sie eindringt, erleichtert vielleicht. Sie schließt die Augen, lächelt. Als Marko schneller wird, atmet auch Steffi schwer, legt ihre Arme um seinen Rücken. Als er keucht, drückt sie ihn fest an sich.

Die feine Linie rotblonden Schamhaars, das einer Klassenkameradin oben aus dem Bikinihöschen heraus schaute — in meiner Vorstellung konnte ich das Schwimmhallenwasser in diesem Höschen riechen, den Schweiß in ihren Leisten, Urin in ihrer Scheidenfalte.

In der letzten Woche des Schuljahres machten wir einen Ausflug in ein Schwimmbad und am letzten Schultag wurde ihr das Handy gestohlen. Ich wusste nichts. Vorher hatte unsere Klasse noch gemeinsam gefrühstückt und anschließend sollten die Zeugnisse verteilt werden.

Eine Gruppe bildete sich um das Mädchen, ein giftiges Misstrauen breitete sich aus. Sie protestierten. Unsere Lehrerin zögerte, aber dann ließ sie sich überreden, dass wir alle unsere Rucksäcke und Jackentaschen ausleeren, damit sie nachsehen konnte.

Ich rechnete nicht damit, dass sie bei Dominik etwas finden würde, das Fach in seiner Jacke war gut versteckt, und als ich ihn nach Schulschluss fragte, sagte er, er sei es nicht gewesen.

Auf meinem Endzeugnis stehen mehr unentschuldigte Fehlstunden als entschuldigte.

Herumfahren war in den Sommerferien nicht dasselbe. Ich versteckte mich nicht, wartete nicht darauf, dass etwas geschah, dass ich gefunden wurde. Manchmal war ich mir lächerlich vorgekommen beim Schwänzen, weil ich mir einbildete, dass alle wussten, wo ich mich befand. Ich stellte mir Anrufe vor, eine Kettenreaktion, an deren Ende ich wieder zurückkehrte in die Gruppe, doch es geschah nichts dann, blieb still, wie an dem Tag, als ich zu spät zum Streichen kam und keiner Notiz davon nehmen wollte. Ich kehrte in den Klassenraum zurück, quasi aus dem Küchenschrank, wo ich zwischen Töpfen und Pfannen gequetscht ausgeharrt hatte, doch niemand hatte mich überhaupt vermisst, keiner stellte mir Fragen, alle hatten Wichtigeres zu tun. Wie die Verblüffung über einen ersten, schlampigen Ladendiebstahl, der trotzdem funktioniert hatte.

Die Angst begann mit den ersten dicken Regentropfen, die mir auf die Arme fielen.

Unser Nachbar stand manchmal an der Straße, wenn ich aus meinem Fenster hinaus sah. Er trieb sich bei den Männern vor dem Wettbüro auf der anderen Straßenseite herum. Unbekannte klingelten bei ihm und unterhielten sich über die Gegensprechanlage. Im Treppenhaus roch es nach Gras, wie Beck's Bier, im Briefkasten unseres Nachbarn stank es besonders intensiv.

Unsere Blicke trafen sich und mir stellten sich die Nackenhaare auf.

Ein bißchen war es, als würden sie über mich reden.

Seit mein Vater mit ihm aneinandergeraten war, grüßten sie sich nur noch knapp und wenig herzlich.

Mein Vater zitierte Artikel aus der Bild über prügelnde Ehemänner und Frauen, die in Parks vergewaltigt worden waren.

Alles wird immer schlechter, schloss er desillusioniert und bitter.

Im Fernseher liefen Boulevard-Sendungen mit reißerischen Schlagzeilen. Ich hörte meinen Vater durch die Wand, er lachte höhnisch auf und stimmte gehässig zu.

Alte Ausgaben von Bild und MoPo lagen auf unserem Balkon. Neben einige der Artikel hatte mein Vater in Schönschrift „Scheiße" und „Leck mich!" geschrieben.

Er war so voller Wut und Unzufriedenheit.

Marko sah zu mir herüber. Seine Zahnlücke blitzte.

Ich hielt den Atem an. Er stieß einen lauten Pfiff aus, ohne die Finger zu benutzen.

Ich war für die Ablenkung dankbar.

Marko nahm mich mit zu einem Mann. Ich kannte sein Gesicht von dieser Party mit den aufgepumpten glatzköpfigen Männern. Bei Tageslicht wirkte er eher aufgedunsen statt kräftig und er hatte sehr wohl Haar, nur eben sehr wenig und nur noch am Hinterkopf und über den Ohren.

Er servierte uns Cola in Dosen. Sie war zimmerwarm. Die Luft in der Wohnung roch verbraucht.

Marko versuchte, mich in ihre Unterhaltung einzubinden, er ließ mir Raum für Ergänzungen, wenn er von Jessica erzählte oder von unserer Schule. Ein Mal lobte er mich dafür, ihn unterstützt zu haben, als er Schwierigkeiten gehabt hatte, vertiefte den Punkt aber nicht.

Er muss diesen Tag ein paar Wochen zuvor gemeint haben. Wir lungerten an einer Straßenecke im Viertel herum, weil Marko diesen Dealer, Dani, abfangen wollte. Marko versteckte sich hinter einer Gebäudeecke, während ich eine Eingangstür auf der anderen Straßenseite im Auge behielt.

Sobald dieser Typ auftauchte und an der Tür klingelte, sollte ich Marko Bescheid geben. Der hechtete dann mit großen Schritten über die Straße und knallte Danis Kopf mit voller Wucht gegen die Scheibe in der Eingangstür. Er trat auf den am Boden liegenden Jungen ein, ließ dann wieder von ihm ab und gab das Kommando, seinen lauten Pfiff. Wir liefen davon.

Wir tranken die Cola, dann bekam Marko mehrere große Geldscheine von dem dicken Mann überreicht. Marko zählte sie vor ihm auf dem Tisch ab.

Hast du meine Mutter gesehen in letzter Zeit, fragte er.

Dominik? Tobi?

Marko sprach „Dominik" mit langem O und „Tobi" mit kurzem.

Ich erzählte ihm von dem Wochenendausflug nach Paris. Unsere Geschichtslehrerin veranstaltete diese Fahrten jedes Jahr zu Beginn der Sommerferien. Man brach am Freitagnachmittag mit dem Bus auf, kam am Samstagmorgen in Paris an, fuhr schon am selben Abend zurück und war am Sonntagnachmittag wieder in Hamburg. In diesem Jahr hatten auch Dominik und ich daran teilgenommen. Wir hatten viel zu rauchen dabei. Den ersten Joint hatten wir am Morgen vor unserer Ankunft in Paris an einer Autobahnraststätte geraucht und waren dann den ganzen Tag durch diese völlig überfüllte Stadt gehetzt, von einer surrealen Touristenfalle zur nächsten, viel zuviel für einen Tag.

Nach unserer Rückkehr nach Hamburg war Dominik mit seiner Mutter in den Sommerurlaub nach China geflogen.

Marko bedankte sich bei mir für die Begleitung.

Wir saßen auf dem Spielplatz an der Tiroler Straße und Marko trug eine schwarze Lederjacke und schwere dunkle Stiefel, sein Kopfhaar war nur ein paar Millimeter kurz. Am rechten Handgelenk raschelte eine große Armbanduhr.

Keinen Abschluss, keine Ausbildung, aber eine Rolex!

Und dann erzählte er mir von Jessica und dass sie für ihn mit Männern schlief, für Geld, sogar ohne Kondom – dann kostete es doppelt so viel. Und er sagte, dass Jessica es genoss und Spaß daran hatte.

Das regte mich ungeheuer auf.

Aber etwas daran erregte mich auch.

Ein Mal hatte er mir Fotos gezeigt, auf denen Jessica sich auszog. Auf einem biss sie Marko auf den Penis, auf anderen hatten sie Sex in verschiedenen Stellungen.

Seid ihr zusammen, fragte ich.

Mehr oder weniger, sagte Marko.

Wieso macht Jessica das, wollte ich wissen.

Sie macht es eben. Einfach so. Es stört sie nicht.

Ist sie in dich verliebt, fragte ich.

Eigentlich wollte ich Marko fragen: Wieso machst DU das?

Für mich war eine Grenze erreicht.

Ich konnte nicht mehr einschlafen.

Tagsüber prügelte die Sonne unbarmherzig auf unsere Straße ein, fünfunddreißig, achtunddreißig Grad, und nachts glühte das Gemäuer. Die Straßen dampften vor Hitze bei jedem Sommergewitter.

Markos beschlagene Brillengläser und wie er sie an seinem Shirt abwischte.

Warmer Regen, der nicht erfrischte und belebte, sondern sich ölig über die Haut legte und rostig stank. Ein dicker, krümeliger Geruch.

Ich kroch in meinem Zimmer herum und suchte nach Silberfischen, die ich zerquetschen konnte. Ich versuchte, Liegestützen zu machen, die Hände und Zehen schwitzten und klebten am Teppich fest.

Ein Reisebus parkte in unserer Straße. Im Inneren war es dunkel. In unserer kleinen Straße parkte nie ein Bus. Ich war so angespannt, dass ich die Polizei hätte rufen können.

Gedanken an Paris und den Reisebus.

Die Abrisshäuser, als wir die Stadt von Norden betraten.

Unsere Lehrerin nannte die Farbe des Eiffelturms „rostig" – auf Fotos war er immer silbern oder strahlte golden. Beim Treppensteigen auf den Eiffelturm bekam ich plötzlich Höhenangst. Ich hatte vorher noch nie Höhenangst gehabt.

Dominik sagte: Nirgendwo. Wir fahren nach Nirgendwo. Er verfremdete die Namen der Metro-Stationen.

Eine Haltestelle mit einem ähnlichen Klang wie „Nirgendwo" konnte ich nirgendwo auf der Karte erkennen.

Ich erinnerte mich an Dominiks Worte: Pass auf, dass dir die Zeit nicht davonrennt. Das sagte er, nachdem er sich zuerst noch sicher gewesen war, ich hätte ja noch Zeit.

Pass auf deine Tasche auf, sagte Dominik, als wir in der Menschenmenge am Montmartre standen.

Eine Postkarte erreichte mich aus China. Sie war von Dominik. Auf der Vorderseite war Hong Kong abgebildet, oder Shanghai. Eine Großstadt bei Nacht.

Der Geruch von Paris war: Der Rauch unserer Joints.

Mit Dominik hatte ich darüber gesprochen, wie es damals für ihn gewesen war, als seine Eltern sich trennten. Er war damals erst vier, fünf Jahre alt.

Vor was versteckst du dich, fragte er.

Das war beim Triumphbogen, am Abend, und die Sonne stand am Himmel bereits so tief, dass man in sie hineinschauen konnte, ohne dass es sofort weh tat in den Augen. Ich war mittlerweile so taub vom Rauchen, dass ich fast nichts mehr spürte. Dewegen bewegte mich Dominiks Frage auch nicht.

Er war so voller Wut und Unzufriedenheit.

Mein Vater bemerkte den Schokoladenhasen, der auf einem Regal in der Küche stand.

Isst den keiner, fragte er.

Der ist abgelaufen, sagte ich und deutete auf die Unterseite, wo das Etikett mit dem Datum klebte.

Tatsächlich, stellte mein Vater fest, seit zwei Jahren.

Er wog den Hasen in der Hand. Wer hat den hier hingelegt? Mama? Warum hat den keiner gegessen?

Ich antwortete nicht, mein Vater erwartete auch gar keine Antwort.

Es war üblich, dass mein Vater bei meiner Mutter die Schuld für alles suchte, eine schlechte Angewohnheit, die ich mir leider bei ihm abgeguckt hatte.

Für gewöhnlich versuchte ich, meine eigenen Unsicherheiten dadurch zu kaschieren, indem ich andere von Vornherein als oberflächlich und verbohrt abstempelte.

Umgekehrt kritelte meine Mutter an meinem Vater herum, wenn er sich dann doch mal an den Aufgaben im Haushalt versuchte und das Ergebnis nicht ihren Vorstellungen entsprach.

Meine Mutter war für mich nicht erreichbar.

Ich probierte es zwei Mal. Beim zweiten Versuch ließ ich meine Großmutter ausrichten, dass ich angerufen hatte. Meine Mutter rief nicht zurück.

Nachdem ich nichts mehr anzuziehen hatte, kaufte ich mir neue Socken, Shirts und Unterhosen. Sobald die ebenfalls schmutzig waren, zwang ich mich, selber zu waschen.

Die Funktionen der Maschine überforderten mich; ich wusste nichts über die Gradzahl, was mich aggressiv machte, und obendrein erinnerte ich mich, dass es ja Unterschiede gab zwischen weißer Wäsche und Buntwäsche. Ich ärgerte mich fürchterlich.

Ich stellte mich vor die Wohnzimmertür. Sie war geschlossen.

Als kleines Kind hatte ich nachts oft vor dieser Tür gestanden, wenn ich mich in meinem Zimmer fürchtete. Den Mut, hinein zu gehen, konnte ich aber nicht aufbringen. Ich hoffte, dass sie mich bemerken würden.

Ich hielt den Atem an, während ich sprach.

Mein Vater machte sich mit den Funktionen vertraut. Er schob den Regler hin und her, studierte die aufgedruckten Programmbezeichnungen und die Digitalanzeige. Er bewegte sich wie in Zeitlupe. Mir ging das nicht schnell genug, ich wollte wieder auf mein Zimmer. Aber mein Vater drehte an dem Regler, flüsterte dabei vor sich hin, er dachte tatsächlich nach, und er ließ sich auch nicht von mir hinein reden, wenn ich eine Ahnung hatte, welcher der erste Schritt war.

Als er den geeigneten Gang gefunden hatte, wies er mich an, die Schmutzwäsche nach Farben zu sortieren. Selber rührte er die Wäsche nicht an, er wachte nur darüber, was ich tat. Als es *ihm* dann offenbar nicht schnell genug ging, half er schließlich doch mit. Wir stopften die Maschine mit der ersten Ladung Buntwäsche voll und suchten nach dem Waschmittel. Mein Vater studierte die Anweisungen auf dem Karton und schöpfte das Pulver peinlich genau mit dem kleinen Messbecher ab.

Es war alles kein Vergleich zu meiner Mutter, die ihre groben, aber routinierten Handgriffe zielsicher ausführte und dann zur nächsten Aufgabe überging, zum Abwasch etwa.

Ein kurzer Blick auf die Spüle und wieder zurück.

Es ähnelte einem Staatsempfang, wie mein Vater die Lade mit dem Waschmittel einklappte, die Tür von der Maschine schloss und behutsam auf den Startknopf drückte. Meine Mutter wäre vermutlich längst verzweifelt bei dem Anblick, aber ich denke mir: Hätte sie meinem Vater überhaupt zugetraut, es zu lernen? Mit ein bißchen mehr Anlaufzeit? In seinem Tempo?

Und dass seine Art, die Aufgabe zu lösen, nicht automatisch falsch sein musste?

Die Maschine begann zu summen, dann rauschte etwas in dem Kasten und mit einem knackenden Geräusch, wie ein Hebel, den jemand nur zur Hälfte umlegt, war es plötzlich still. Wir erwarteten, dass etwas geschieht, ich erwartete, dass die Maschine, vibrierend vor Elektrizität, die Trommel in Gang setzt und Schaum langsam in dem Bullauge aufsteigt, aber es geschah nichts. Da kam mir ein Einfall. Ich öffnete das Abstellfach unter der Spüle und drehte an dem Knauf, der dort aus der Wand herausragte, und das Rauschen und Summen ging wieder los. Die Maschine zog Wasser und begann ihren Waschgang. Das hörte sich gut an, warm und vertraut.

Mein Vater legte mir anerkennend eine Hand auf die Schulter.

Was ist mit *dir*?

In der vierten Klasse fanden wir heraus, dass man Steine auf S-Bahn-Gleise legen konnte. Hinter der Haltestelle Friedrichsberg gab es eine geeignete Stelle. Wir mochten es, wenn die Bahn drüber fuhr und die Steine zertrümmerte. Schöner war nur das Geräusch, wenn die Bahn sich näherte.

Am schönsten war die Vorfreude.

In der vierten Klasse stellten Marko und ich eine kleine, nur kurzlebige „Gang" zusammen. Wir waren alle Klassenkameraden, sechs Jungen. Für die Aufnahme in die „Gang" dachten wir uns eine Mutprobe aus. Die Mutprobe bestand darin, den Bahndamm der S-Bahn hinauf zu laufen und Steine auf den Gleisen auszulegen. Anschließend musste man wieder hinunter und so lange alleine ausharren, bis die nächste Bahn vorüber war. Die Gruppe versteckte sich währenddessen in einem Gebüsch in der Nähe und beobachtete einen dabei, ob man es auch wirklich durchzog.

Ich hatte die Idee zusammen mit Marko ausgedacht und fühlte mich darum von der Mutprobe ausgenommen, aber als vier von uns bestanden hatten, forderte Marko mich auf:

Was ist mit *dir*?

Wovor versteckst du dich, fragte Dominik.

Hinter der S-Bahn-Haltestelle Friedrichsberg lag der kleine Spielplatz, auf dem ich oft ausgeharrt hatte, bis die Bücherhalle um zehn Uhr öffnete und ich mein Schwänzen dort fortsetzen konnte.

Die Gärtner hatten die Büsche gestutzt. Der Spielplatz war nun von allen Seiten einsehbar.

Von der Straße dröhnte ein Motorrad herüber und ein Lastwagen fuhr scheppernd vorbei.

Der große Spielplatz an der Tiroler Straße war überraschend gut besucht. Wir trieben uns dort meist nur nach der Schule herum und abends, wenn wir die einzigen waren. An den Wochenenden gab es dort fast ausschließlich Kinder und Eltern, was mich verblüffte, obwohl es ja eigentlich logisch und überhaupt nicht verblüffend war. Kinder und Eltern musterten mich, als ich mir eine Sitzbank aussuchte, wohl nicht bloß deshalb, weil ich auf der Lehne saß, so wie wir es immer taten. Ein paar Kleinkinder benutzten das Karussell, aber sie waren noch zu jung, um über „Fliegen" Bescheid zu wissen, und von den Großen erklärte es ihnen auch keiner.

Das Karussell auf dem Spielplatz am Eulenkamp war eines, das man selber anschubsen musste. Ich konnte mich nirgends hinsetzen, der Spielplatz war total verwittert, eigentlich gar kein richtiger Spielplatz mehr, da es kaum noch Spielgeräte gab, und der liegende Holzpflock, den wir immer als Sitzbank benutzten, war vom letzten Regen noch nass.

Meine Freunde fehlten.

Marko brachte eine Flasche roten Likör mit Wodka mit. Der Nachgeschmack war immer ein bißchen wie Desinfektionsmittel und der Magen übersäuerte schnell davon. Wir nahmen uns ein Taxi am Straßburger Platz. Marko bezahlte die Rechnung und er lud mich auch in dieser Tankstelle auf dem Kiez ein, ich durfte mir alles aussuchen. Wir aßen jeder ein Stück Pizza an einem Schnellimbiss. Der Verkäufer streute extra Käse drüber und wärmte die quadratischen Stücke in einem kleinen Elektroofen auf. Scharen von Touristen schoben sich staunend durch die Lichter. Marko grüßte ein paar Typen an der Straße. Er wollte mir alles zeigen.

Der Duft von Fleisch auf einem Kohlegrill und schwerfälliger Straßenverkehr. Die warme Abendluft in unseren Gesichtern.

Wir beobachteten die Passanten vom Wegrand aus und junge Prostituierte an Häuserecken.

Wie alle einen Bogen um sie herum machten.

Steffi hat es gefallen, sagte Marko, als wir uns noch ein Mal das Video auf meinem Handy ansahen, und wir prosteten uns zu.

Marko spendierte auch die nächste Runde an einem Kiosk. Keiner fragte nach einem Ausweis.

Ich war bis dahin schon ein paar Mal in St. Pauli gewesen. Die Besuche auf dem DOM mit meinen Eltern und Autofahrten über die Reeperbahn zählten nicht, aber mit Dominik und Tobi hatte ich auf dem Spielbudenplatz herumgesessen, nüchtern und noch mit keiner Ahnung, was es mit all diesen Menschen und den Lichtern wirklich auf sich hatte.

Die Lichter waren ein Orchester aus Farben, sie hüllten uns warm ein.

Marko zeigte mir Kneipen von außen. Drinnen bewegten sich die Menschen wie Schemen. Wir gingen in keine Kneipe hinein.

Wir setzten uns auf die Stufen in einem Hauseingang. Es war gar nicht so einfach, auf der Reeperbahn einen freien

Platz zum Sitzen zu finden.

Alles war wie unter einem Weichzeichner, die Konturen wurden glatt, geschmeidig, und ein wohliges Schaukeln steckte in jeder meiner Bewegungen.

Markos Dose zischte, dann knackte es.

Was war eigentlich in dem Glas, fragte ich.

Auf der Straße mussten wir die Lautstärke von dem Video ganz aufdrehen und konnten dennoch kaum Markos Stimme hören.

Was in der Aufnahme nicht zu sehen ist, weil die Kamera dann noch nicht lief: Marko, wie er Steffi ein Glas gibt, in dem eine klare Flüssigkeit ist, und wie er das Glas mit Limonade auffüllt.

Wasser, sagte Marko.

Steffi hat es gefallen, sagte Marko und wir stießen an.

In den Menschenströmen konnte man verschwinden, sich auflösen.

Marko sprach mit einem Türsteher vor einem Klub. Sie kannten sich. Ich beobachtete sie, ich stand ein Stück abseits und hörte deshalb nicht, was sie sprachen.

Sie warfen mir Blicke zu.

Marko deutete mehrmals auf mich.

Was in der Aufnahme ebenfalls nicht zu sehen ist: Marko, wie er sich ein Kondom überzieht – weil er gar keines benutzt hatte.

Marko war verärgert, weil der Türsteher ihn abgewiesen hatte. Er versuchte, seine Verärgerung zu unterdrücken und sie vor mir nicht zu zeigen. Stattdessen wollte er, dass wir uns eine Flasche Wodka teilen, er zählte bereits seine Scheine ab.

Ich spürte, dass meine Grenze erreicht war. Ein Gefäß, bis an den Rand gefüllt, und wenn nur ein Tropfen noch dazu käme, würde alles überlaufen, so fühlte es sich an.

Ich nahm mir nur eine Flasche Wasser. Marko hänselte

mich dafür. Ich bezahlte sie selber.

Wasser?

Wasser.

Ich konzentrierte mich. Wenn ich die Augen schloss, drehte es sich unter meinen Lidern, also hielt ich meine Augen geöffnet und konzentrierte mich auf einen Punkt an der gekachelten Wand. Der Bahnsteig war voller Menschen, die warteten, leer, aufgekratzt, über den seligen Punkt hinaus, es hatte nichts mehr von der Aufregung, die oben auf der Straße geherrscht hatte.

Marko war still während der Rückfahrt mit der S-Bahn. Wir wollten eigentlich eine Station früher aussteigen und uns in Wandsbek noch etwas zu Essen kaufen, aber nachdem wir die Treppe hinaufgestiegen waren, schlug Marko irgendeinem Mädchen grundlos in's Gesicht.

Was mich im Nachhinein überraschte: Ich fühlte mich mit diesem Schlag plötzlich isoliert von der Welt, von den Menschen, die es ebenfalls mitangesehen hatten.

Wir rannten die stille, leere Straße hinunter, an blinkenden Baustellenlampen vorbei, bis wir keine Luft mehr bekamen und uns sicher waren, dass uns niemand gefolgt war.

Was in Marko gegärt hatte – seit der Abweisung an der Tür oder bereits, seit wir zu trinken begonnen hatten –, war plötzlich ausgebrochen.

Marko entlud sich an einem Postkasten, den er trat und von der Stange herunterreißen wollte.

Meine Fassungslosigkeit wechselte in Mitleid.

Dein Vater ist da nicht drin, sagte ich.

Weil Marko nicht reagierte, wiederholte ich es noch ein Mal, ein bißchen geringschätziger diesmal:

Dein Vater ist da nicht drin!

Der Gedanke war so einfach und erschien mir so einhellig, dass ich damit um mich warf:

Dein Vater ist da nicht drin!

Halt's Maul, schrie Marko.

Obwohl ich ihn seit dem Kindergarten kannte, hatte ich auch später noch manchmal Angst vor ihm gehabt, wenn er besonders launisch und unberechenbar war.

Ich spürte keine Angst.

Tobi hatte sich unsere Sprüche wortlos gefallen lassen. Als Marko sich von der Verunsicherung dieses stillen Jungen mit den schmalen Augen bestärkt fühlte, ihn auch körperlich anzugehen, verlor Tobi die Beherrschung. In einem Anfall wie blanke Panik und ohne Ankündigung stürzte er sich auf Marko und schleuderte kratzend, beißend, Haare ziehend und schreiend mit seiner Angst um sich. Sowas hatte Marko noch nicht erlebt, wie eine tollwütige Katze, sagte er später, dabei sah Tobi eher wie ein Schimpanse aus. Marko ließ sofort wieder von Tobi ab, der rannte mit hochrotem Lockenkopf davon.

Diese beiden Jungen.

Wir konnten das Hefewerk riechen.

Heute weiß ich, dass wir alle – diese beiden Jungen und auch wir – nur Kinder waren, aber damals hatte ich mir tatsächlich gewünscht, dass Marko sie zu Krüppeln schlägt. Der Anblick, wie er seine Wut systematisch an diesen beiden völlig unterlegenen Jungen raus ließ, ihre Machtlosigkeit, das bereitete mir eine ungeheure Befriedigung. Dass sie Marko ausgeliefert waren und er sie auch tot prügeln konnte und es vielleicht sogar getan hätte, jagte mir angenehme Schauer das Rückenmark hinauf.

Später schämte ich mich für diese Gefühle.

Marko tat mir leid. So ein Würstchen, dachte ich.

Später schämte ich mich für diesen Gedanken.

Ich überredete Marko mit viel Mühe, sich von mir in ein Krankenhaus bringen zu lassen. Er hatte wieder eine Scheibe in einer Tür zerstört, aber diesmal mit der Stirn, und dabei hatte er sich eine Braue aufgeschnitten. Die Wunde musste genäht werden.

Ich war über den toten Punkt hinaus, die Phase, wenn meine betrunkene Laune kippen konnte und ich mich über eine Plastikschüssel gebeugt wiederfinden würde. Mir war nicht mehr schwindelig. Alles fühlte sich noch immer dumpf an, aber ich war völlig klar.

Marko wirkte zugänglich.

Wenn sich ein Mensch von uns helfen lässt, hatte ich irgendwo mal aufgeschnappt, dann finden wir ihn automatisch sympathischer.

Steffi hat es gefallen, sagte Marko. Er wollte etwas klarstellen.

Das Licht in dem kahlen, sterilen Behandlungsraum war sehr hell – nicht kalt, aber unmittelbar und ehrlich.

Ich finde nicht, sagte ich. Für mich sah sie verwirrt aus.

Und was willst du mir jetzt damit sagen? Dass ich schlecht bin und dass du etwas Besseres bist?

Nein.

Findest du, ich bin wie ein Tier in einem Zoo?

Nein.

Was ist mit dir? Tue ich dir leid?

Ich antwortete nicht.

Du tust mir auch ein bißchen leid, sagte Marko. Er sagte es ohne Hohn oder Groll, es schwang nichts Derartiges mit in seiner Stimme.

Er wollte mir vielleicht bloß verdeutlichen, dass wir für ihn gleich waren.

Du warst auch dabei.

Lass mich in Ruhe.

Meine Mutter schwieg.

Sie war wütend auf mich. Weil ich so oft die Schule geschwänzt und dann ihre Unterschrift kopiert hatte auf den falschen Entschuldigungen. Das hätte ihr weh getan, sagte sie, es hatte sie sehr enttäuscht, dass ich ihr Vertrauen so missbrauchte.

Sie verstand nicht, warum ich auf Friedhöfen herumgerannt und mit Bussen durch die Gegend gefahren und dann am Nachmittag einfach so wieder heimgekehrt war und so getan hatte, als sei ich in der Schule gewesen.

Ich hätte mit ihr über alles reden können, sagte sie.

Ich hatte sie bei meiner Großmutter in Harburg besucht. Wir saßen in der Küche und sprachen über die Schule. Meine Mutter wollte mich bei sich haben. Aber sie wollte nicht, dass ich das kommende Schuljahr so fortsetzte, wie ich das letzte beendet hatte. Sie forderte von mir, dass ich mir über mich selbst bewusst werde, dass ich mir klar mache, wie sehr mein Verhalten mir geschadet und ihnen wehgetan hatte.

Und dann resignierte meine Mutter. Und stellte sich selbst in Frage. Ihre Blauäugigkeit, das ständige Verdrängen.

Es war unangenehm, meine Mutter so zu sehen, dazu beigetragen zu haben, sie hierher zu bringen, aber es war der Funke, auf den ich gewartet hatte, das Zeichen, das mich bestätigte. Das wog viel zwischen all der Bedrückung.

Ich war einverstanden.

Mein Vater hörte mir schweigend zu, als ich ihm berichtete, was meine Mutter und ich uns überlegt hatten, und er nickte dazwischen zustimmend.

Er brach die Stille und fragte mich, wie es mir geht.

Er sprach offen über seine Gedanken, dass er sich nutzlos fühlte, ohnmächtig manchmal. Es fiel ihm sichtlich schwer, so offen zu reden, er kratzte sich mehrmals am Nacken, räusperte sich. Aber er hatte den Fernseher ausgeschaltet und die Zeitung zusammengefaltet, damit wir Ruhe hatten.

Er wollte, dass ich versuche, mich in ihn hineinzuversetzen. Er stellte mir die Frage, wie ich es fand, dass er und meine Mutter sich trennen wollen. Er sprach erstmals von ihnen sagte „wir" – bisher hatte er immer so getan, als sei das alles eine Entscheidung meiner Mutter gewesen und er hätte überhaupt nichts damit zu tun.

Er gab sich wirklich Mühe.

Es gab einen merkwürdigen Augenblick: Jemand kam das Treppenhaus herauf. Es hörte sich ganz genau so an, als käme meine Mutter nach Hause. Aber es klimperte kein Schlüsselbund und es klackte nicht im Türschloss. Die Schritte waren einen Augenblick lang ganz nah, dann zogen sie an der Tür vorüber und entfernten sich wieder.

Ich sagte Dinge zu meinem Vater, um ihn zu verletzen, ich stellte ihn und meine Mutter in Frage, warf ihm vor, Chancen verpasst zu haben. Ich wollte ihn reizen, provozieren und aus der Reserve locken, ich wollte etwas wie eine Explosion. Er sollte kämpfen, mit mir, um meine Mutter, gegen sich selbst, ganz egal, ich forderte Wut von ihm, Enttäuschung, und das Signal, etwas zu verändern.

Vielleicht war es nicht richtig, sagte ich. Du und Mama.

Nein, dann wärst du ja auch nicht richtig gewesen, entgegnete mein Vater.

Er war nicht wütend. Es tat ihm bloß leid.

Ich schaltete den Fernseher wieder an, weil meine Stimme plötzlich weg war.

Marko präsentierte mir stolz dieses schwarze Auto. Er sagte, er hätte es von einem Freund geliehen. Ich glaubte ihm kein Wort. Das auf dem Führerschein, den er mir zeigte, war auch nicht Marko. Innen roch es anziehend nach kaltem Rauch und scharf nach Rasierwasser.

Komm mit, sagte Marko.

In dem Haus meiner Großmutter bekam ich das kleine Zimmer mit der Dachschrägen, das nach Holz roch. Ein Bett stand bereits darin, die zwei kleinen Kleiderschränke und die beiden Regale kamen mit dem Umzug mit. Mein Vater half uns beim Einladen.

Ich fragte meinen Vater, ob ihm das Amt Probleme wegen der nun zu großen Wohnung machen würde, aber er antwortete, ich solle mir keine Gedanken darüber machen. Der Abstand zwischen meinen Eltern war deutlich zu spüren; während meine Mutter fast überhaupt nicht mit ihm sprach, gab mein Vater sich Mühe, nicht zu viel zu sagen.

Es kitzelte Marko, mir zu zeigen, wie er dieses Raumschiff steuerte. Die Einparkhilfe begann zu piepen, sobald Marko das Auto startete. Er schnallte sich nicht an.

Wir glitten durch den Verkehr der Eißendorfer Straße. Er überholte eine Reihe anderer Autos, ohne ein Mal den Blinker zu setzen, aber er fuhr sicher – er beachtete die Spiegel und bremste frühzeitig ab, gerade bei dichtem Verkehr.

Mir fiel auf, dass mit Markos Hand etwas nicht stimmte. Er konnte sie nicht richtig schließen oder alle Finger ausstrecken und bewegte den Knüppel von der Gangschaltung deshalb nur mit der Handfläche. In der Nacht, als wir auf dem Kiez gewesen waren und Marko zuerst die Glasscheibe mit der Stirn eingeschlagen und dann gegen eine Mauer geboxt hatte, muss er sich etwas gebrochen haben, das jetzt nicht richtig verheilte. Im Krankenhaus hatten sie ihm nur die Braue genäht.

Dominik kehrte in billiger, gefälschter Markenkleidung aus dem Urlaub zurück, die sich beim ersten Waschen verfärbte. Er schenkte mir eine Trainingsjacke von „Aiweis" und schon am zweiten Tag, den ich sie trug, lösten sich Nähte darin und der Reißverschluss brach ab.

Wir besorgten uns Gras bei einem Mädchen, das Dominik aus dem Klub kannte, und rauchten es bei ihm zu Hause, wenn seine Mutter wieder für ein paar Tage auf einem Kongress in einer anderen Stadt war.

Der nächste Tag fühlte sich immer kalt und zu hell an in

dieser neuen Wohnung ohne Teppiche. Etwas Vertrautes fehlte.

Dominik sprach über die Schule, auf die er im neuen Jahr gehen würde, über Veronika sprach er ein bißchen. Ich wusste, wie jede Geschichte ausging, bevor er sie zuende erzählte, weil ich sie bereits vorher gehört hatte. Sie hatten keinen Kontakt mehr, seit Dominik zurück war.

Wir aßen Pizza zum Frühstück.

Ich fuhr ungeduscht und in der Kleidung vom Vortag „nach Hause", nach Harburg. Diese Fahrten mit der Bahn und mit Bussen – umsteigen am Lattenkamp, dann am Jungfernstieg, dann in Harburg –, jedes Mal eine Stunde irgendwo hin und eine Stunde wieder zurück, legten einen neuen Ton über alles.

Ich erinnerte mich an ehemalige Klassenkameraden und wie sie uns noch manchmal besuchten während der ersten Monate, nachdem sie die Schule gewechselt hatten oder sitzengeblieben waren. Obwohl wir uns seit Jahren kannten, passten sie plötzlich nicht mehr in die Kulisse; sie kannten die frischen Gesichter nicht, dafür erzählten sie nur die alten Geschichten, während sie über die neuen nicht lachen konnten, weil sie dann schon nicht mehr dabeigewesen waren.

Dominik schien mehr Interesse an der Naht über Markos Auge zu haben als an dem Auto. Er bemerkte auch, dass Marko seine rechte Hand nicht so oft gebrauchte – das Auto schloss er mit der linken Hand auf und sein Handy bediente er mit beiden Händen gleichzeitig.

Ich löste es nicht auf.

Marko sagte, seinen Eltern sei ziemlich egal, was er tat.

Die Wohngemeinschaft, in der Tobi und seine Schwester nun lebten, lag in Poppenbüttel, also recht weit draußen. Ich erwartete, dass Betreuer uns an der Tür abweisen oder wenigstens misstrauisch mustern und auf Schritt und Tritt verfolgen würden, aber es war an einem Wochenende, als wir

Tobi besuchten, und dann war kein Programm. Das Grundstück lag am Ende einer ruhigen Straße mit Einfamilienhäusern und verfügte über einen großzügigen Garten hinter dem Haus.

Tobi freute sich, uns zu sehen. Er führte uns in der WG herum und stellte uns ein paar von den anderen Bewohnern vor. Die meisten waren außer Haus und mussten erst zum Abend wieder zurückkehren. Tobi servierte uns Getränke und bot uns etwas von dem Mittagessen an. Die Hauswirtschafterinnen kochten immer für das Wochenende vor, erklärte Tobi, deshalb blieb immer viel zuviel übrig.

Im Garten, mit Blick auf eine kleine Baustelle, wo der Boden für einen Basketballkorb geebnet werden sollte, setzten wir uns auf eine Sitzbank aus Europaletten und sprachen darüber, wie es Tobi dort gefiel. Er konnte sich schnell und ohne große Hürden einleben, aber seine Schwester litt darunter, dass sie nicht bei ihrer Mutter war.

Tobi hatte in dieser Woche seine Ausbildung begonnen. Ihm tat die Schulter weh, nachdem er bereits am ersten Tag gleich anpacken musste, Kabel verlegen, aber er war auch stolz. Er wirkte zufrieden. Ich hatte eigentlich erwartet, ihn traurig und bedrückt zu sehen, weg von zu Hause, verjagt und ungewollt, aber er nahm die Herausforderung an, mehr noch, er wollte es, hatte darauf hingearbeitet.

Es klang nicht ehrlich, als Dominik sagte, wir sollten bald wieder etwas gemeinsam unternehmen, wir Drei und Marko.

Um einander nicht aus den Augen zu verlieren.

Es klang bloß versöhnlich, sentimental, wie ein billig beruhigtes Gewissen.

Hinter Bargteheide fuhren wir auf die Autobahn, dann gab Marko richtig Gas. Er überholte andere Autos von rechts, fuhr oft viel zu dicht auf. Als die Spuren wegen einer Baustelle von drei auf zwei reduziert wurden, hielt er sich nicht an die Geschwindigkeitsbegrenzung.

Die laute Musik aus der Anlage und der Alkohol, den Marko für uns mitgebracht hatte, dämpften alles ab, was sich außerhalb dieses Autos abspielte. Ich war eingehüllt, hier mit meinen Freunden. Erst ein plötzliches lautes Autohupen, das überraschend nah an unseren offenen Fenstern vorbeiraste, riss mich aus meiner seligen Lethargie und ich war wieder hellwach.

Ich suchte in den Gesichtern der Menschen im Bus und auf dem Bahnsteig nach etwas, um mich nicht so allein zu fühlen. Jugendliche erkannten einander wieder an diesem ersten Tag nach den Sommerferien und fanden sich in Grüppchen zusammen.

Nichts tröstete mich, nichts munterte mich auf.

Am Hauptbahnhof war Gedränge, Routinen. Ich wäre für ein vertrautes Gesicht darin dankbar gewesen.

Keine freundlichen Blicke, als ich vor meiner neuen Klasse stand. Ich kannte jeden von ihnen, aber nur über Dominik, Tobi oder Marko. Ich war unentschlossen, mich zu ihnen zu stellen auf dem Schulhof in der ersten großen Pause, aber zu meinen ehemaligen Mitschülern wollte ich auch nicht, es erschien mir sinnlos. Also schloss ich mich auf der Toilette ein.

Der zweite Tag war leichter, weil ein Freitag, und dieses Gefühl, im Mittelpunkt zu stehen, schwand. Die anderen Neuen in unserer Klasse waren alle von anderen Schulen gekommen. Das und dass ich jetzt der Älteste in der Klasse war und den ganzen Lehrstoff bereits kannte, beruhigte mich, gab mir einen Vorsprung.

Ich berichtete meiner Mutter, was mein Vater mir am Telefon verraten hatte; dass er eine Art berufliche Wiedereingliederung beginnen wollte. Meine Mutter begrüßte das. Soweit ich das einschätzen konnte, reduzierte sie die Kommunikation mit meinem Vater auf das Nötigste.

Aber sie schimpfte jetzt auch nicht mehr über ihn.

Wenn ich ihr schilderte, wie die Vermieter sich weigerten, notwendige Reparaturen in der Wohnung auszuführen, dann hörte meine Mutter mir schweigend zu und stimmte mir zu, dass mein Vater im Recht war. Sie lobte seine Courage und Hartnäckigkeit.

Sie war unschlüssig.

In Travemünde fanden wir zwar auf Anhieb eine gute Stelle zum Parken, nah bei der Promenade, aber dann bemerkte Tobi noch rechtzeitig, dass wir uns im Halteverbot befanden. Vom Ortsrand, wo Marko nach fiebrigem Suchen die nächste Parklücke fand, mussten wir ein Stückchen länger laufen. Alles leuchtete hell und bunt in der kräftigen Sommersonne, das grüne Laub, der blaue Himmel, die farbenfrohen Touristen.

In einem Video, das ich mit meinem Handy aufgenommen hatte, rauchen wir einen Joint auf der Mole. Man kann nicht verstehen, was wir sprechen, der Wind ist sehr stark und erzeugt nur ein lautes, konstantes Rauschen. Tobis Feuerzeug geht nicht an. Beim zehnten erfolglosen Versuch schlägt er die Hände über dem Kopf zusammen. Als er bemerkt, dass er gefilmt wird, muss er lachen.

In einer anderen Aufnahme filme ich die Fenster des Maritim-Hochhauses, während Dominik aus dem Off über Tobis Mutter spricht. Marko und Tobi haben sich eine freie Stelle auf dem Strand gesucht und werfen sich ein Frisbee zu. Tobi muss mehrmals hinter der Scheibe her, weil Marko sie mit Links nicht gut wirft.

In Markos breitem Grinsen blitzt die einzelne Zahnlücke.

Gemeinsam mit einem Mitarbeiter vom Jugendamt halfen Dominik und ich Tobi und seiner Schwester, ihre letzten Habseligkeiten aus der Wohnung ihrer Mutter abzuholen. Die Stimmung konnte unangenehmer nicht sein; Tobis Mutter lungerte vor seinem Zimmer herum und beaufsichtigte alles. Im Flur mussten wir uns mit den Kartons an ihr vorbeischlängeln, weil sie uns keinen Platz machen wollte.

Janine sprach nicht. Sie half auch nicht beim Einpacken. Sie gab uns Zeichen und nickte schüchtern oder schüttelte scheu mit dem Kopf und wir räumten ihre Sachen für sie ein und trugen sie hinunter. Sie hob den Kopf nicht und das Gesicht war hinter dem Vorhang ihrer Haare verborgen.

Auch ich wich Blickkontakt mit der Mutter lange aus, aber hinter diesem zornigen Gesicht und den verschränkten Armen mit den ungeduldig tippenden Fingern konnte ebensogut Enttäuschung stecken, ihre Unfähigkeit, ihre echten Gedanken und Gefühle auszudrücken, die sich irgendwo in ihrem Hals verfangen hatten.

Ihr Partner, der die meiste Zeit bei geöffneter Tür im Wohnzimmer vor dem Fernseher saß, kam nur ein Mal kurz in den Flur, um nach dem Rechten zu sehen. Sie umarmten sich dann.

Der Bart in seinem Gesicht war ungepflegt.

Als wir das zweite Mal schwimmen gingen, blieb Dominik diesmal bei unserer Decke mit den Sachen. Ich hatte ihm mein Handy dagelassen, falls er damit aufnehmen wollte. Er filmt uns drei, Marko, Tobi und mich, wie wir uns entfernen und uns dann ins Wasser stürzen. Beim ersten Mal war ich noch langsam hinein gestiegen. Dominik kommentiert, was er filmt. Er zoomt näher heran, nimmt Marko in den Fokus, sagt etwas über ihn, über seine Gewohnheiten, seinen Charakter, dann tut er dasselbe auch mit Tobi und mir.

Ich filme, wie wir Tobi im Sand einbuddeln. Wir graben kein Loch, in das wir ihn hinein stecken, sondern bedecken den breitbeinig liegenden Tobi bloß mit Sand. Mach ihm ein paar Titten, sagt Marko und Dominik formt etwas wie Brüste mit zwei Handvoll Sand und platziert eine kleine weiße Muschel zwischen Tobis Beinen.

Tobi lächelte, mit offenem Mund.

Machtlos, bezeichnete Tobi seine Mutter. Sein Verständnis für sie und ihre Fehler hatte mich oft erstaunt und manchmal sogar wütend gemacht. Sie sei überfordert gewesen, alleine mit zwei Kindern – ja, meinetwegen, aber wer hatte sie denn gezwungen, sie zu bekommen, mit diesem Mann, der trank und sie verprügelte und sie dann mit den beiden Kindern sitzen ließ, fragte ich mich.

Wenn ich als Kind klug fachsimpelte, lachten meine Eltern über mich. Sie beherrschten es, mit einer geduldigen Überlegenheit zu schweigen.

Meinst du echt, fragte mein Vater.

Ich erläuterte meine Ansichten, und mein Vater sagte wieder nur:

Meinst du echt?

Und dann dieses klebrig-gutmütige Lächeln, das mich entwaffnete, weil es mir unmissverständlich bedeutete: Was weißt du schon!

Tobi sprach einfühlsam von den Kindergeburtstagen, die seine Mutter für ihn und seine Schwester veranstaltet hatte, und auch ich war dabei gewesen und erinnerte mich, dass die vergilbten Streifen Klebeband an der Decke in Tobis Kinderzimmer von den bunten Papierschlangen stammten, die seine Mutter dort befestigt und quer durch den Raum gehängt hatte. Sie war überfordert gewesen mit all dem Aufwand und uns Kindern, aber sie hatte versucht, trotzdem eine schöne Feier für uns zu veranstalten, mit Früchtecocktail aus Konserven, Spielen und Schminken.

Es gibt ein Foto in Tobis Album, auf dem ich mir das Gesicht mit Schminke komplett rot anmale, während die anderen Kinder sich bloß bunte Streifen über die Wangen ziehen. Und aus meiner Erinnerung hatte ich lange verdrängt, wie amüsiert Tobis Mutter über meinen Anblick gewesen war und dass sie sich viel Zeit genommen hatte, um mir mühsam die Schminke wieder aus dem Gesicht zu waschen.

Es passte in das Bild, das ich von mir selbst hatte, dass ich mit anderen Menschen hart ins Gericht ging.

Als wir am Abend zum Parkplatz zurückkehrten, war das Auto weg. Wir vergewisserten uns, dass wir auch an der richtigen Stelle standen und Dominik prüfte nach, ob dies ein kostenpflichtiger Parkplatz war, aber auch da gab es keinen Zweifel.

Marko schaute unsicher.

War der Wagen doch geklaut, fragte ich.

Marko verneinte.

Ich ließ aber nicht locker, deshalb reagierte Marko gereizt. Ich war wütend, weil Marko uns offensichtlich in Gefahr gebracht hatte mit diesem Auto, uns, seine Freunde.

Du musst den Wagen gar nicht gestohlen haben, sagte ich, es können auch deine neuen „Freunde" gewesen sein.

Ich war bereit, auf Marko loszugehen, ich lauerte nur auf das richtige Signal, eine aggressive Geste, ein falsches Wort. Ich war mir sicher, dass Marko seine kaputte rechte Hand, mit der er meistens zuschlug (mit der linken hielt er Gegner bloß von sich weg), nicht benutzen würde.

Ich war auch wütend auf Dominik und Tobi, dass sie so sorglos bei Marko eingestiegen waren. Jetzt taten sie zwar überrascht, aber auch gleichgültig, als hätten sie nichts mehr damit zu tun, wo wir gerade standen, als wären sie schon woanders, Dominik an seiner neuen Schule und Tobi wieder bei seiner Ausbildung, wo er sich weiterhin aus allem raushalten konnte.

Marko sagte nichts mehr. Keiner sagte etwas.

Weinst du?

Ich erzählte Marko nicht, dass seine Eltern bei meinem Vater gewesen waren. Um sich bei mir erkundigen, wo ihr Sohn sich versteckt hielt. Ich hätte ihnen nur Markos alte Telefonnummer geben können, die sie wahrscheinlich schon besaßen und die sowieso nicht mehr funktionierte.

Mein Vater hatte mir das am Telefon mitgeteilt.

Seit ich bei meiner Großmutter lebte, telefonierten mein Vater und ich unregelmäßig. Ich überlegte, ihn nach Schulschluss zu besuchen, es waren ja nur zehn Minuten von meiner Schule zu ihm, „nach Hause", aber dann tat ich es lieber doch noch nicht.

Es fühlte sich an, als fände das Leben jetzt woanders statt.

Das Gefühl war anders, die Brücken über der Elbe zu erkennen. Wie sie sich langsam näherten, der Horizont dahinter. Die Ahnung, dass es dort weiter ging, dass es mehr gab.

Der kleine Bahnhof von Travemünde war leer. Wir studierten die Abfahrtszeiten – der nächste Zug fuhr erst in einer Stunde und wir würden wieder in Lübeck umsteigen müssen.

Es gab ein Foto, auf dem wir hinter dem alten Bahnhofsgebäude standen und gegen eine Wand pissten. Tobi war auf dem Foto nicht mit drauf, weil er hinter der Kamera stand. Im Hintergrund waren Eltern mit Kindern und alte Menschen und schauten unsicher. Sommerliches Abendlicht einer niedrig stehenden Sonne.

Niemand mag fünfzehnjährige Jungen.

Wie sie alle einen Bogen um uns herum machten.

Ich habe stattdessen ein Foto auf meinem alten Handy, auf dem Marko, Tobi und Dominik rauchen, im Hintergrund dieselben Menschen.

Während ich es nochmal betrachtete, fiel mir etwas auf. Ich sah Marko an und er lächelte, als hätte er meinen Gedanken gerade erraten.

Gib mir mal deine neue Nummer, sagte ich.